張愛玲課

周芬伶 著

目錄

下卷　喧赫家聲

（序）

不寂寞的松林徑

許閔淳

張愛玲逝世二十五周年，一百歲誕辰的二〇二〇，文學雜誌的封面又張燈結彩，亮起祖師奶奶圖像，不知她可否知曉這熱鬧光景呢？

二〇一八年完成的碩論，竟真在有意無意間以張愛玲為主題完成了，大學時期初次遇見的作品為《半生緣》、《金鎖記》，似一幢歪斜陷落的屋，愈走愈是被扭曲的窗花遮蔽了景緻，是那句經典句子「一級一級，走進沒有光的所在」，漂浮的寂靜塵埃就那樣匯聚，在凹陷的呼吸道盤桓成一抹幽魂。

碩士期間讀了《流言》，記憶中靛紫色的張愛玲忽地燃出澄紅赤色。她在散文集《流言》（*Written on Water*，水上寫的字）裡寫吃寫穿，以及對書畫、音樂、舞蹈的觀察，把生活中的小事寫出閃動的熠熠微光；和從前對張總是晦暗幽森的印象全然不同，使我對她產生了好奇，接著又被《秧歌》中寫得清淡而可怕，卻又奇怪的富有淺淺詩意的飢餓與人性所驚豔。

碩論主題是：《雷峰塔》、《易經》、《小團圓》（張愛玲晚期自傳小說三部曲）。和老師聊起碩論方向，提了幾種可能性，張愛玲列在其中，原有些擔心，畢竟是老師是長期做張愛玲研究的專家，沒想很快被答應。「早期太多人做了，你做晚期吧。」於是開啟了三部曲之路。最初被派遣的幾項功課是：1〈私語〉和〈燼餘錄〉是怎麼轉換為三部曲的內容；2把年表列出來；3找《張愛玲私語錄》、《張愛玲書信集》來讀。第一項功課便是了解張愛玲的「十七歲之塚」，那是她到了晚年仍不斷反覆書寫的家族故事，有著十分重要的意義。

總是在老師的老屋，門前白梅盛開，午後和煦的陽光落在木質地板，大紅袍、金駿眉、老普洱，恐龍蛋朱泥壺、裂紋水方，一人兩只茶杯，聞香與品茶。不時會安靜片刻，僅有燒水聲與白霧水氣，我私以為這是聊張愛玲的最佳地點，某次meeting，老師說曾覺得張愛玲晦暗曲折，原先也並非她欣賞的作家；心中有些詫異，以為老師原本就是張迷。可能老師焚香飲茶、喜好老物、少言、又開立《紅樓夢》、海派小說等課程，以及每日規律勤奮的寫作習慣，使人不禁如此聯想。

「後來讀了越多資料才被她吸引的。」老師如此說道。對於這點我很是認同，例如發現她有錢不買書寧可買丹祺唇膏、喜好吃紫雪糕、山芋糖、爆米花，又嗜讀人類學書籍（收錄於已絕版的《張看》〈談看書〉一篇章）又曾「激賞路易士（紀弦）詩作」，我說：「祖師奶奶果然是很有趣的人。」老師滔滔和我補充張愛玲的事蹟時，我會錯覺那僅是在談論一位住在附近的朋友，當老師告訴我曾經訪問過張愛玲的二表姐（為張小燕之母），霎時感到祖師奶奶也並非如此遙不可觸。

張愛玲就是有這樣奇異的魔力，凡以她為支點似乎就能召喚出隱隱磁力。距她逝世百年的當代，因王德威而得名的「祖師奶奶」為何依然魅力不減？她曾自言：「像一切潮流一樣，我永遠是在外面的。」然事實是她始終是被熱議／憶的。我以為這樣的現象也許出自張本身的多歧曖昧，諸如傳統抑或現代，弒父抑或厭女等等；老師在書中有了更清晰的說明：

> 中西交融，新舊折衷一直是她的專長，現代主義作家有其靈魂的重量與探索，卻不屑古典，有其古典的，卻不夠前衛，她是既古典又前衛，又是書寫流放的專家，這是為什麼時間越久，越顯其重要性。

就是這樣難以界定的朦朧，使那身著旗袍、昂首睥睨的姿態，或是即便是蚤子，也始終散發出神祕光暈。

早在一九九九年和二〇〇五年，老師便分別出版《豔異——張愛玲與中國文學》與《孔雀藍調——張愛玲評傳》（皆已絕版），前者論述張愛玲書寫美學，以及其在中國女性文學中的地位，後者則側重張愛玲的母女關係與女性情誼；除此之外還有數篇論文。今年出版的

《張愛玲課》穿插張愛玲重要生命故事與作品分析的方式，使讀者對於她的書寫能有更深刻的閱讀與理解，骨肉相連，讀完彷彿也歷經她跌宕的一生，每一課後的小習題增添了與祖師奶奶的互動性，對於想理解張愛玲生平與重要作品的讀者，是非常飽滿的補帖。

碩論期間，苦事之一便是釐清《雷》、《易》、《小》三部曲的人物關係，有點似讀《海上花列傳》時的感覺，閃藏夾躲，拐彎便到另個空間，突如便從壁堵消逸或冒出的人物。因三部曲為自傳小說，因此更需要對照張的家世背景以利理解，第九課〈風流雲集〉對於張愛玲龐雜的「李、張、黃、張」四大家族的構成與來龍關係有清楚的爬梳，對於理解張愛玲與閱讀三部曲有極大的幫助。

老師大概也有點考據癖，對於需要耐心而稍顯枯燥的事情並不排斥，碩班《紅樓夢》課堂時，最強調的便是不同版本間的差異。當我面對三部曲的繁雜人物、瑣碎跳接的情節不知如何下筆時，老師要求我先將《雷峰塔》、《易經》（張愛玲原計畫以英文書寫《易經》一長篇小說，由於篇幅太長只好一分為二，上部為《雷峰塔》）與《小團圓》中反覆書寫的情節，卻又有所不同的部分以表格列出，能從中發現端倪，進而繼續開展，然而我發現張愛玲反覆在不同時期書寫的重複情節，皆顯現出愛的失落，莫怪她說：「我的人生——如看完了早場電影出來，有靜蕩蕩的一天在面前。」（《張愛玲私語錄》）

對於張愛玲的研究，老師親自做訪談、奔走尋覓資料，寫口述歷史與論文，才能將張愛玲的龐雜的家族理得如此有條。又張愛玲的家族人物中，影響她至深的是母親與姑姑，張與母親的關係處在愛恨交雜的曖昧狀態，呼喚但也撕裂割離的那個「抽離物」，abject，同時具有迷戀吸引又有排拒仇恨的磁力中心，這是較為人所知的部分，相較而言，張與姑姑的關係，相較於母親便少了許多，老師在《張愛玲課》中書寫了許多姑姑張茂淵對張愛玲的影響。

陳芳明將張愛玲列為「台灣作家」，她一直細細密密的影響著許多創作者，在這個張愛玲已是受「傳奇」加冕數餘年的今日，究竟要再如何閱讀與理解？無論這個問題的答案是什麼，張愛玲的作品與人始終瀰散使人欲覷內裡的煙氣，悠遠的煙氣之中，掩映的是上海的物質與現代，然而再一個反面又仍是「返古」的荒野。如老師所說：張談的是一種「空間的私人性道德感覺與意象」，是「考古學家出現遠古時期的洞穴壁畫，洞的底部還有一處女之泉……彷彿通往人類所有感覺源頭的鏈結突然的被打開」。

老師也許亦是一步一步被打開，被吸納進去，在《張愛玲課》中，感受到老師以最高的誠意去梳理她，以最大的同理去貼近她，例如她序裡所寫「我是真的被她的狠與真觸動了。」「就是這樣的從未成熟，也不懂人情世故的老少女讓人心疼。」彷彿〈色，戒〉裡的王佳芝，終究是動了真情。

《小團圓》的最終，張愛玲寫到一首與電影同名的曲子〈寂寞的松林徑〉（Trail of the Lonesome Pine），陽光下滿地樹影搖晃著，松林裡有孩子，愛人將她拉進木屋。然而「這樣的夢只作過一次，考試的夢倒是常作，總是噩夢。」晚年身在異地，這樣的句子顯現出一種黑白電影的安靜孤單，小團圓裡的所有團圓最終僅是來到一條寂寞的松林徑；如今這屬於她的松林徑並不孤單，充斥追隨者熱鬧如嘉年華，似乎有了另種意義的團圓。然而「一明二暗」，明亮之處總有暗影隨側，總感覺那斜睨的雙眼仍透出涼氣看著我們，我們姑且忽略那雙眼，只管細細閱讀。

張愛玲糾結

（自序）

時間停在一九九五年九月八日的晚間新聞，畫面不斷出現張愛玲最後居住的那間公寓，裡面除了一張行軍床、一盞太陽燈、散落的報紙，其他別無所有。這麼空洞且乾淨的死亡，讓我洞見了一些什麼，從未有一刻如此貼近，原來我們有幸生為半個同代人，得以見證她的死亡，不能保持沉默，總得說些什麼。

為此寫出超過五十萬字的口述歷史與論文，隨著時間挪移，世紀與世代更替，時經二十幾年，有關張的評價已有些改變，如果說一九九五至世紀交替是張研究的爆發年，那麼新世紀初是舊作出土年，隨著中文作品《同學少年都不賤》、《康乃馨》……到《小團圓》；英文譯作也陸續推出《易經》、《雷峰塔》、《少帥》……她的中文書寫夾帶著神祕的魅力，新的「張奶奶迷」轉移到對岸。在這些出土作中，以《小團圓》為代表，評價雖兩極，有些句子與思考實在超展開，就研究角度來看，這本書對她的傳記研究實在重要，它比許多傳記小說更坦露大膽，然而也給了一些暗黑的解釋：與胡蘭成的婚戀、與桑弧悲涼的分手、與母親決裂、姑姑與姪子的癡戀……這麼多事情一股腦都發生在她三十歲前後，太難的人生考題，用一輩子來回答也答不完。我是真正被她的狠與真觸動了，如得其情，唯有哀矜。

那時還追著寫一些小論文，新一代的台灣張派學者頗有越過她，擴大為海派與電影之研究，在歷史研究中，把張圈到一個角落：大陸學者則是收編的意志不改。從二〇一〇年後則是沉澱年，研究的數量稍減，這說明了如何的狀態？

在這裡要小談一下宋淇與鄺文美，經過宋以朗的策劃，張與宋淇夫婦的熱誠友誼感人面世，張最溫暖幽默可愛的一面全倒給了這對夫妻，而宋、鄺對張的付出也是古今少有，如果說賴雅無條件支持布萊希特，換來的是冷待：這三人的友誼真可謂水乳交融，看來宋、鄺付出的更多，然張的生活幾乎以他們為支柱，信中不斷重複只要想到你們就覺得開心，不用寫信也能想像你們的生活，宋、鄺付出真情與實質的幫助，張回報以癡情。

如果張暗比曹雪芹（她亦自認為條件、背景相當，也只有她有可能匹及，如今看來是沒有），那宋、鄺可比脂硯、畸笏叟，從五〇年代之後，她的作品都有他們的意見與眉批。

他們不同意《小團圓》出版確有道理，然相隔近四十年才出版，味道走了，光華仍在，至於中晚期英文作品，相信他們也是有意見的。

張的英文不差，但英文作品大都是敗筆，跟中文作品相差懸殊，不得不說她是個中文文體家，她使用的中文超前漂亮，又不退流行，四〇年代到今天仍有新異之處，因此不管寫什麼皆有可觀之處，但英文卻是越用力越失敗。

有人說《易經》、《雷峰塔》敗在英文、重複、變態……，也有人以「晚期風格」為她緩頰，我卻覺得是敗在急功近利，又高估自己與讀者。她在五〇年代想以自己顯赫變態的家庭隱喻新中國的墮落，五四與革命非但沒為中國帶來進步，反而讓人心倒退，道德淪喪，因此她寫的淨是中國與人性的負面。就此觀點，過於偏激，就算現在也很少人能接受，而她還未入籍美國，就急於與家國切割，寫些重複的故事，只因美國讀者是新的處女地，她想重演以家族傳奇快速成名上海灘的模式，征服紐約，她迷信國際大城市才是她的舞台，然而五〇年代的紐約跟四〇年代的上海、香港不同，他們的口味是賽珍珠、韓素音、陳紀瀅……而《易經》、《雷峰塔》真的沒寫好，同樣是英文作品，卻比《秧歌》差很多，就算她不擅長的政治小說，也是意象鮮明，氣氛濃郁、人性表達能得溫柔敦厚之詩旨。而《易經》就像是得失心瘋的人寫的失心瘋故事，為她的文學地位扣分不少。

也就是說，美國的英文創作不但沒比較好，還有一種急切性，早年她是「成名要趁早」，似乎是名在利前，中晚期知道成名美國已難，只能求利了，故而五、六〇年代她的主要創作是電影劇本，這種急切也在《少帥》中看到窘境，就算她能採訪到張學良，這個故事原型還是脫不了《羅麗塔》與《易經》的再版，更何況是未完成。故而要再一次評價張愛玲恐怕免不了，四、五〇年代上海時期的作品還是最重要最精采，《傳奇》、《流言》到《半生緣》

皆足以傳世，後期作品為《小團圓》，一個作家能留下這麼多本已屬不易，本來是前幾名，現在要調後一些。

我覺得自己的意見不能代表多數人的意見，張愛玲為挖掘現代人與家庭的種種變態的重要作家，「亂倫」為其中一種，《紅樓夢》的重要亂倫情節為作者或脂評小組刪去，如果不刪，可能更為激進，不減損它的文學價值。然而「亂倫」在西方文學一直是重要主題，一旦出現必是重點，且能駭人心魂，從《伊底帕斯》到馬奎斯《百年孤寂》、電影《烈火情人》、《玻璃玫瑰》，它皆能引發恐懼與哀憐之悲劇美感；然「戀母弒父」情節出在中國作品中就有違和感，就算出現在日、韓、印……都會怪怪的，西方倫理以愛情為軸；東方倫理多以親子為軸，如說有什麼情結，也只能是「戀子弒子」，君不見那些拖著兒女一起死的家庭悲劇，或者一點也不浪漫的《孔雀東南飛》、《梁山伯與祝英台》。

亂倫主題也許不是《易經》、《雷峰塔》的致命傷，而是作者自我毀容與至親毀容作得過火，照理說，自剖文學越真實深刻越好，與《易經》同時代的《麥田捕手》、稍前的《北回歸線》之悖德書寫已成為經典，為什麼難以接受張愛玲之悖德書寫？

只能說她過於執著這些輕易碰不得的題材，而再也看不見其他。多麼懷念《流言》中那充滿生活情趣、觸手成春的才女，那時的她熱愛生活，想必也熱愛情人、母親、姑姑……；他們是她創作的靈感，然而在三十歲之後一切變樣了。

重點在母女決裂的時刻，對她來說剪斷臍帶就沒事了，事實上這件事一直沒過去，愛得深也恨得深，如果決裂時間點在一九四六年母親最後一次回國，事實上一九三九年她已有此念頭，主要是母親賭掉她好不容易得到的獎學金，與其說是為錢，不如說是「幻滅」，這個母親雖然不及格，卻是她心目中的女神，女神崩毀與幻滅，於她是世界崩毀與幻滅，之後她還錢了斷，一九五七年母親過世前要求見她一面，她沒去，又是寄錢了事。這些行為看來還是青少年的叛逆之舉。

就是這樣的從未成熟、也不懂人情世故的老少女讓人心疼，我每讀《私語張愛玲》必流淚，那個錦心繡口、金釧玉釧來相會、柔情似水的「流言女子」更是張愛玲啊！

在心靈上，她從未離開中國，作品的場景還是在上海或香港，她所居住的東岸小城、西岸舊金山、洛杉磯皆不在其中，概因一九六三年賴雅倒下後，她已過著半幽居的生活，最後完全隱匿，美國生活對她來說是扁平而無真正的人際關係，這時她把對人際關係的渴求，透過回憶與他們神交（主要是宋淇與鄺文美），或是鑽研古典小說或是書寫自傳營造她自己的人際關係，她對社交的渴望全在裡面了，那裡有擁擠的人際關係與人心猜度，這些對她說更是心靈寄託，她沒有任何宗教信仰，愜意的人際關係就是她的終極追求，正如她自己說的：

李叔同（弘一法師）與康韋與香港教授與釋迦等皆一例，動人的美男子，愜意的人際關係得來太易……過量……厭世與出世思想。正如富人之厭倦。如我，則如一個要為生活最低需求而工作的人，能獲得愜意的人際關係，就像啟示與奇蹟。當中更富深意。

要求如此低，說敗德實在太嚴重，相反的，張是個超我強烈到神經過敏的作家，自我省察過度，言語表達阻塞而心裡的焦慮隨著時間越久，也越不安，只有化為文字表達，看了《小團圓》、《易經》，大約知道她傳奇時代小說主角的原型是誰，對後人解析小說是有幫助的，她只寫自己熟悉的題材，她所來自的大家族比曹雪芹更龐大更複雜更黑暗，可說是新舊時期現代中國的縮影，當西方文化橫掃過積弱不振的中國，革命並沒有改變什麼，只有往更黑之處沉淪。

她的恥感太深了，年幼時會為伯夷、叔齊不食周粟而哭；會為弟弟被繼母打不還手而哭，面對沒有恥感的家族與時代，她寫出自己與他人的無恥。

張要訴說的是一種空間的私人性道德感覺與意象，跟五四文學談空間的象徵秩序或平等正義不同，那具有倫理學上意義的屈辱與犧牲——如同歷史學家乍見史前的洞穴壁畫那般的震驚，洞壁上有遭圍獵的瀕死野牛，洞的底處還湧出處女之泉，處女因被姦殺而死，死後頭部湧出清泉，通過她的死亡拯救了一個時代，這是她一再重複的場景與情節。

她不斷訴說恥感與敗德的兩難，有恥無廉乎？這是她面對的考題，也是她丟給讀者的考題，終其一生她都在尋求答案，而永遠不會有答案，就像一場永無止境的魔考。

上卷　亂世之音

第一課

導讀

曹雪芹與《紅樓夢》造就紅學，張愛玲與其作品造就張學，《紅樓》未寫完，各種評註已展開，而張一九四四年出版《傳奇》就有傅雷嚴肅評論〈論張愛玲小說〉，之後研究與評論者不斷，高度評價她的胡適、夏志清，在五、六〇年代奠定其地位，成名於中國，轉戰國際在香港，出版在台灣，死於美國。二十一世紀對岸掀起新一波張奶奶熱，在百年誕辰時正逢大疫，許多人在亂局中又讀起張愛玲，她可說是「亂世之音」，生於亂世，成名於亂世，似乎最能抓到亂世之心，也鎮定撫慰許多痛苦的心靈，世界越亂，她越通透，這是她的作品魅力不減的原因。

我對年輕愛好文學者，提出幾個閱讀她的理由，第一是她的文字新穎，不退流行；第二，承先啟後，古今交融，是《紅樓》與當代之間重要的作家；三、正如她所說，好的小說跟詩一樣好，主要是氣質好，她的作品也符合這個特點。

但我最鍾情的還是她幾無間斷的寫作，一個文學奮戰者，戰到最後一刻，她非多產作家，卻留下大量作品，小說、散文、劇本、翻譯、古典小說研究等四十餘部，對於想入門的人，有點難下手，一般都是從她的早期短篇開始，我覺得她的散文更好入手，且她的人跟她的作品一樣精采，能夠配合著傳記一起讀更全面。

回顧我的張愛玲史，小學時家裡訂《皇冠》（那時《皇冠》真好看），讀了她的《怨女》、《半生緣》……那時覺得古老、陰暗，人物不討喜，嘴巴壞的銀娣、好脾氣的世鈞、曼楨，境遇一個比一個慘。感覺跟看章回小說一樣，作者類似隔代人，更多地喜歡林海音《城南舊事》、於梨華、聶華苓的小說，司馬中原的《紅絲鳳》百讀不厭。

進中文系認真讀張愛玲，在十九歲的日記寫著讀後筆記，「那時也沒入迷」，二十幾歲開始寫散文，才認真讀她的散文，覺得比小說更好，這時也沒入迷，她一直不是我的前三。直到在田野中遇見張愛玲，開始寫她的傳記，把作品細讀再細讀，寫傳時常覺「心知其意」，她有她追隨的文學典範，而我有什麼呢？什麼都沒有，沒有精神導師或文學典範，何其空虛，只有幾年一換的口味，而這樣的人能寫出什麼呢？但我喜歡卡繆、莒哈絲、佩索亞，這幾個人都有一個特點，特立獨行、開闊的世界觀與人性觀，是不退流行的行星，張也擁有這些特點。

這是經過長久比較的結果，不跟隨流行，也沒想沾她的光。在我只是做文學志工的心態，一種奇妙的緣分，好像在散步中遇見曹雪芹，能裝作不認識嗎？一旦認定，就能不計一切地做志工。

就連難讀的《紅樓夢》、《海上花列傳》，為了寫論文與開課，反反覆覆讀幾十遍，每次讀都有新發現，劇本一部部讀，如果存在一種張愛玲的讀書法，我覺得張自己的閱讀法是童年讀古典小說，青少年時為了讓英文進步，中英文雙譯雙寫，讓語言更精準，也讀了一些西方作品與當代流行作品，這延續到香港美國時期，中晚年又回到看古典小說，只要心情不好，詳詳《紅樓夢》就好了。如同我心情低落時，讀張與宋ＣＰ的書信集或佩索亞度過，畢竟這世界上，忘憂草難尋，忘憂書是有的，只是少之又少，每個人至少得找一本。

童年讀經典看來很難，我覺得有些人可行，識字早或識字欲強的，彼時學校教得慢，跟不上早慧者，中國的詩詞、古典小說，西方的莎士比亞、雨果、狄更斯都可入手，一面讀一面猜，識字更快，我小時讀《紅樓》、《金瓶梅》潔本、《東周列國傳》、《老殘遊記》、《三國》適合孩童，我覺得大學讀更好，因其中的史觀與哲理更大人氣些。到青少年自然讀現當代作品，因是寫作的黃金時期，語言的新創很重要，英文作品能讀原文最好，畢竟我們面對的是多語時代，而翻譯的語言是非正軌，也是次生的，長期倚賴它們，會讓自己的文字變奇怪，而且很難更正。那張愛玲怎麼說？基本她不太讀譯本，大都原文，口味也很獨特，一本《唐祝文周》……障礙真的不大，就算囫圇吞棗，也是人生一快！一般人認為《西遊》、

《織工馬南傳》就讓她倒盡胃口，毛姆雖讀一些，不能說喜歡，她為了生活翻譯別人的作品，創作常中英文雙寫，花大把時間譯《海上花》，考據《紅樓》，因為她喜歡這兩本，並學習它們的創作筆法，因此晚年只讀自己喜歡的那幾本，反覆讀。

閱讀張愛玲先從《流言》及傳記入手，如選讀的話：〈私語〉、〈童言無忌〉、〈自己的文章〉、〈公寓生活記趣〉、〈燼餘錄〉、〈我的天才夢〉，散文中的她，機智、幽默，常有金句，她也可說是少有的金句王，還有她的溫暖、淡定、睿智，我覺得是周作人加周樹人，冰心加丁玲兼美，國小以上皆可讀。再接下來才讀《傳奇》，如選讀的話：〈金鎖記〉、〈傾城之戀〉、〈紅玫瑰與白玫瑰〉、〈封鎖〉，這本短篇小說集，大抵是婚戀故事，因此高中以上讀較有感覺。重要的是這本小說集包含短、中、長篇題材，如〈封鎖〉是短篇的範本，故事壓縮在封鎖期間的公車上的一對男女，強調單一效果，效果也特別集中；〈傾城之戀〉、〈紅玫瑰與白玫瑰〉則傾向中篇，它雖是一男一女或兩女的故事，然時空多元，情節較複雜，且一人多事，多人一事，如她的其他中篇〈小艾〉、〈同學少年都不賤〉都是；〈金鎖記〉更複雜，多人多事，時間連綿七巧一生，這是長篇的題材，因此她多年後改寫為長篇《怨女》，可見她在年輕時就能寫諸多類型。中晚年以長篇為主，也會兼寫中、短篇。長篇中以《半生緣》最受歡迎，我覺得《秧歌》更好，不談政治因素，兩者都可讀，晚期則是《小團圓》，這本簡化、淡化的寫法受《紅樓夢》、《海上花列傳》影響，藏閃、夾縫文章特多，故要晚點讀，多次讀。

劇本、古典小說在此省略，前者要搭配電影看，時代隔閡較大，畢竟電影進步太快了。其他的翻譯與古典小說研究，較適合研究者閱讀。

張愛玲擅長寫他人，也擅長寫自己，她認為小說有時更能暴露作者，晚期的「自傳三部曲」，從〈私語〉、〈燼餘錄〉擴寫而來，歷經五十年，不放棄書寫自己與家族的故事，有人說她只是改寫、重複而已，我覺得一九七〇年代完成的《小團圓》跟同時期作品相比，是部走在時代前面的作品，她認為自己的地位是介於「《紅樓》與現代之間」，自己的家族、才氣不輸曹雪芹，她的家族的衰落也象徵一個時代的黑暗，因此寫這部作品成為她後半生努力的目標。

那張愛玲比肩或超越了嗎？她過世才二十五年，我們大都忘了她是我們的同代人或上一代人。現代作家少有人像她討論度這麼大，流傳這麼久遠，她是超越國族、古典現代的，可說是華文世界的。

把她定位在「《紅樓》與現代之間」更恰當，有人說她在台灣不過停留幾天，跟台灣無太大關係，如果文學這麼狹隘，那我們連唐詩、宋詞、古文都不要念了，我雖不主張念範文、選文，要讀就讀整本，但如果要寫一手漂亮的現代中文或台文，近期作家還需觀察，許多人受張影響，那不如直接讀張，讀張上接《紅樓》，下接林奕含，她的文字寫法還是不退流行。

當然要尋找一些典範學習也有其他途徑，如木心、郭松棻、李渝公認為文字好意境也好，但他們延續五四的傳統，上追魯迅、沈從文：白先勇、蕭麗紅都跟張一樣受《紅樓》影響，似乎後勁不大，較難追蹤：鄉土作家王禎和、施叔青都注重文字經營，前兩者多少受張影響；余光中、楊牧也有好文字，前者詩化較重，後者早年受古典詩詞影響，晚年將中西文字融合得巧妙，當然也是條途徑，但他們主要在詩文這塊。中生代，林燿德、袁哲生、邱妙津都有大家氣度，可惜如詩仙、詩鬼般獨樹一幟，很難複製，他們就是他們自己。

我們應該朝「詩聖」、「詩史」的路子，這類作家用詩鍛鍊自己至死方休，他們也用詩寫歷史、小說，張愛玲則是用小說、散文寫詩，其疏離、陌生化、意象繽紛，可一魚三吃。一流的作家或有幾個特色，一是承先啟後，可大可久：二是風格多元，一個人完成好幾代的作品；第三、水準整齊，少有敗筆，或兩極化的傾向。莎士比亞、李白、杜甫都是這樣，張的爭議是病態不夠健康寫實，但我也不敢說莎士比亞、李白、杜甫健康寫實，而希臘悲劇、《紅樓夢》不病態。

這是許多人都有一個張愛玲的時代，我不覺得自己夠懂、夠特別，但行將退休之年，之前將精力多多地放在學生身上，現在可以放在體制外的教學上，將畢生所學文字化、普及化，作為入門的「文學地圖」三書，《張愛玲課》為首，接著是《紅樓夢課》、《後人類寫作課》。希望我們沒遺漏什麼，站在巨人的肩膀上出發。

第二課

十七歲之塚

——〈愛憎表〉中的生命圖形

一九九五年張愛玲死後出版的書多半富於傳記價值，最重要的當數《張愛玲私語錄》、《張愛玲書信集》，還有自傳小說《小團圓》、《易經》（雷峰塔），前兩本可當文獻處理，自傳小說的部分只能參酌，雖然其真實性可能很高，畢竟是小說，不能做文獻處理，它的參考價值主要是事件的廓清與來龍去脈、因果關係。二〇一五年張愛玲的〈愛憎表〉出土，它是一篇介於〈私語〉與《對照記》的散文，內容與她的「自傳三部曲」雷同的部分甚多，可說是縮寫版，是她特有中文散文體，可讀性甚高；這說明自傳三部曲大都是真實的，是的，這些對張愛玲的生平以及到美國之後的四十年生活太重要了。〈愛憎表〉作於一九九〇至一九九一年，約一萬四千字，是二〇一五年出土的未刊稿，原來張想改為「張愛玲面面觀」，可說是《小團圓》的散文版，《對照記》的前身，在一九九一年八月十三日她寫給宋淇夫婦說：

我每次搬家都要丟掉點要緊東西，因為太累了沒腦子，這次是寫了一半的長文，怕壓皺了包在原封未啟的一條新被單一起，被小搬場公司的人偷新貨品一併拿走了，連同住址簿。只好憑記憶再寫出來，反正本來要改。《對照記》一文作為自傳性文字太浮淺。我是竹節運，幼年四年一期，全憑我母親的來去分界。四期後又有五年的一期，期末港戰歸來與我姑姑團聚作結。幾度小團圓，我想正在寫的這篇長文與書名都叫「小團圓」。全書原名《對照記》我一直覺得 unessy，彷彿不夠生意眼。這裡寫我母親比較 soft-focus。我想她 rather this than be fogotten。她自己也一直想寫她的生平。這篇東西仍舊用〈愛憎表〉的格局，輕鬆的散文體裁，剪裁較易。

這時的她已七十歲，仍不放棄為自己作傳，這其中含有母親的「遺願」——她也想寫自己的故事，最後沒有寫，那就由女兒完成。她一生寫了好幾次自傳，英文版《易經》沒有出版；中文版《小團圓》被宋 C P 壓下來；《對照記》雖出版，但已是斷簡殘編，原來它是〈愛憎表〉的一小部分。張過世後，這些版本前後一起出現，讀者疑惑同樣的故事說了好多次，在她可覺得沒被寫夠，或寫過，因之前都沒面世，她覺得是新的。

這是她心心念念的家族故事、母親與自己的故事，也指向她的生平是竹節式，四個四年之後，是每五年一變，因此四歲、八歲、十二歲、十六歲，之後是二十一歲，她在這裡做「節尾」。照五年一運，繼續走的話，那二十六歲、三十一歲、三十六歲、四十一歲、四十六歲、五十一歲、五十六歲、六十一歲、六十六歲、七十一歲、七十六歲也很重要。寫到這裡有點毛骨悚然，她自知能活到幾歲嗎？

按此寫傳記更準確：四歲母親赴歐，八歲回國，十二歲母親黃逸梵去法國學美術，十六歲母親再次回國，張被父親囚禁半年多，二十一歲從香港返上海，之後，二十六歲與胡蘭成離婚，三十一歲逃至香港，三十六歲與賴雅結婚，四十一歲到香港寫劇本，四十六歲賴雅過世，五十一歲離開加大「中國研究中心」，開始幽居生活，五十六歲在《易經》基礎上寫成《小團圓》，為宋淇夫婦勸阻，沒有發表。在《皇冠》發表〈三詳紅樓夢〉，隔年出版《紅樓夢魘》，六十一歲《海上花註譯》由皇冠出版社出版，胡蘭成七月二十五日逝世於日本東京。七十一歲，姑姑在上海病逝。如果這竹節繼續走，也有些道理，相信命數的她不知是否如此相信？一節又一節，幾度小團圓，幾度愛別離，這是她的金鎖。

〈愛憎表〉說了很多我們不知道的，如她在四歲前過繼給伯父（張志潛），因此她叫爸媽為「叔叔嬸嬸」，那是在天津時，伯父只有一個兒子，伯母想要女兒，於是收養她為女兒，她叫他們爸爸姆媽許多年。她自稱人生以四年為一個週期，她四歲時，伯父伯母為了母親與姑姑出國一事鬧翻，用盡一切力量勸阻不聽，從此不往來了，過繼的事不了了之，這時她四歲。

母親走那天她根本沒看見，沒有看到母親的綠裙顫動，也沒去催她走，〈私語〉中寫的「上船的那天她伏在竹床上痛哭，綠衣綠裙上面釘有抽搐發光的小片子。傭人幾次來催說已經到了時候了，她像是沒聽見，他們不敢開口了，把我推上前去，叫我說：『嬸嬸，時候不早了。』她不理我，只是哭。她睡在那裡像船艙的玻璃上反映的海，綠色的小薄片，然而有海洋的無窮盡的顛簸悲慟。我站在竹床前面看著她，有點手足無措，他們又沒有教給我別的話，幸而傭人把我牽走了。」這段文字我們相信多年原來是假的，《易經》也是這樣寫。真實的情況其實是：

她們走的那天是怎樣出門上車上船的，我根本不知道，大概是被女傭們圈在起坐間裡玩，免得萬一哭鬧滋事。其實根本不覺得有什麼分別，一直不大在跟前。

這跟之前她寫的都不一樣，為何要寫自己在場？這裡可能需要大篇心理分析，沒被告知或被隱瞞的母親不告而別，對四歲的孩子太冷酷了，不像是正常母親的反應，可能怕走不了，也怕面對孩子。

女傭們絕口不提，只有總管伯文的妻子毛娘會說：「嬸嬸姑姑到外國去了囉！」她們的照片被掛到少有人至的三樓，她會到那裡往裝書的大藤籃伸手進去掏書，一次抽出一本《紅玫瑰》、《半月》、「鴛蝴派」流行小說雜誌。照片中的母親穿著淡綠衣裙，低著頭站在荒草斜陽中若有所思，丫頭問是誰，她回說是嬸嬸，丫頭的口吻有點可憎，就好像她已不認識母親，這種種暗示與非尋常，怪不得她對母親感情很淡，那也是環境所致。母親走時的綠衣裙，伏在床上哭，是這樣想像出來的。

在天津的家，院子裡有個鞦韆架，一個高大的丫頭，額上有個疤，因而被她叫作「疤丫丫」的，某次盪鞦韆盪到最高處，忽地翻了過去。後院子裡養著雞。夏天中午她著白底小紅桃子紗短衫，紅褲子，坐在板凳上，喝完滿滿一碗淡綠色、澀而微甜的六一散，看一本謎語書，唱出來，「小小狗，走一步，咬一口」謎底是剪刀。還有一本是兒歌選，其中有一首描寫最理想的半村半郭的隱居生活，只記得一句「桃核桃時作偏房」，似乎不大像兒童的口吻了。

四歲到八歲，母親不在身邊，她吃飯時飯菜放在椅子上，坐在小矮凳上自己在房裡吃，天天畫小人，在門房用整本的紅格條帳簿，整大卷的竹紙都是她的畫簿，母親鼓勵她畫圖投稿，對自己的畫很「自命不凡」。

這門房整天很安靜，是男性的世界，女傭為避嫌，不敢進來，只站在門口。這房間日夜點著燈，張大都黃昏方至，在燈下畫小女俠月紅與弟弟杏紅，一對住在快樂村的姐弟。現實中她跟弟弟玩打仗，招式來自門房裡看見的《隋唐演義》、《七俠五義》。母親常寄玩具回來，也找了總管的兒子柏崇文幫忙照看孩子，他娶的新娘叫「毛娘」。有一次她跟弟弟玩戰爭遊戲，毛娘笑著叫「月姐，杏弟」，她偷窺了她的心事，讓她覺得難為情，從此不玩了，她的自尊心奇高，不能被說破。

她喜歡待在他們那玩偶家庭似的小房間，賴在崇文的床上讀他的《三國演義》，有些字還看不懂，還好他愛講《三國》，他們像她的小爸媽，崇文叫「毛物」，老婆叫毛娘，她叫毛姐，弟弟是毛哥，自成一個家，幾乎黏著他們長大，全宅只有這裡有筆墨，冬天烤火烤到流鼻血，跑到這裡用筆墨描鼻孔止血，她永遠記得那帶著輕微墨臭的冰涼筆觸。有點兒童樂園式的童年。

母親也交代女傭每天帶他們去公園玩，當時已三四歲的張子靜有軟腳症，常常摔跤，張干用一條丈尺長的大紅線呢闊帶子綁住胸部，像遛狗一樣的讓他在草地上跑，三四歲還站不穩，發育有點遲，這就是張筆下的杏紅，也就是母親走後，她還有總管柏崇文，女傭何干，弟弟陪著她，並不感到寂寞。

母親常從英國寄衣服回來，奶媽給他們穿上新衣，那時好像過新年一般喜氣洋洋，如果還有玩具就更開心，張干何干盡心照顧，他們對母親不在家沒感到太多缺憾。

吃飯時，飯菜放在椅子上，兩個女傭在旁代夾菜，張干是服侍弟弟的，老愛說話刺激她非張家人，才四歲的她跟她對嗆。七歲時請了教讀老師，講《綱鑑易知錄》，說到周武王死後。兒子成王年幼，國事由周公召工共治，稱為「周召共和」，她若有所悟想著：「周召共和就像何干張干。」這比喻雖不太準確，可見在年幼的她心理中，何干張干的地位之重要。像她這樣連夾菜都不必動手的大小姐，何干代替母親幫她做一切家事。張干是母親的陪嫁，因家境好些，也讀過一點書，會買大門口擔子上的歌詞石印小書，唸給女傭聽，她還記得其中兩句：「今朝脫了鞋和襪，怎曉明天穿不穿？」何干雖低調，卻是管家，地位更高些，母親交代人事，另有一番用心，長女聰慧，但因女孩容易受忽視，故交給管家，能得到多一點保護，兒子雖是獨子，身體嬌弱，交給自己的陪嫁代替自己，要多一些照顧。這母親雖叛逆要強，對孩子還是用心。總管加上管家、陪嫁，形成強大的照護網，其他還有做粗作的席干跟丫頭們，這開銷肯定不小，是誰在支付？

她的動作應該也有點笨拙，家裡怕失火，一見到她拿起火柴盒便笑叫「我來，我來」，因此十五、六歲還不會擦火柴，總點不著。

父親的姨太太搬進來，「我們家成了淫窟」，僕人背後都喊她老八，進宅那天大擺宴席，老八的姐妹都來了，沒人肯幫忙，都躲到樓上去，只有席干一人躲不掉。張躲在客廳與飯廳之間的絲絨門簾下偷看，老八很苗條，張父喜歡瘦女人，黃逸梵看來不高，老八又瘦又高，一群女客都比她矮，面貌「極平常」，這給張帶來極深印象，之後她寫了許多煙花女子，都以此為模本，畢竟朝夕相處，且巴結著她，對她們可說無惡感，連帶喜歡《海上花列傳》、《閑花野草》等小說，認為小說把她們日常化，是女人中的一種，生活的組織。

也有長得出色的，她見到客廳有兩個十五歲的女孩相靠坐在同一張沙發椅上，「粉妝玉琢，像雙生子一樣穿著同樣的淡湖色袄褲，襟袖上亮閃閃一排鑲著一圈水鑽的小鏡子，映著□□□□的□□（原稿不清）地氈，我覺得她們像雕刻在一起的玉人，太可愛了。」這些描寫跟〈私語〉、《雷峰塔》等幾乎相同，可見是真的，也沒什麼添加，就是實寫。

她們吃鹹菜下飯，怪不得瘦。老八買了絲絨布料，給她做一模一樣的裙褲，問她：「你嬸嬸給你做衣裳總是零頭料子，我給你買整疋的新料子。喜歡我還是喜歡你嬸嬸？」這件事寫了好幾次，在這裡她替母親辯護：「其實我一直佩服我母親用零頭碎腦的綢布湊成童裝，像給洋娃娃做衣服一樣：俄延片刻方答：『喜歡你。』似乎別的回答都沒禮貌。但是一句話才出口，彷彿就有根細長的葉莖管子往上長，扶搖直上，上造天聽。又像是破曉時分一聲微弱的雞啼，在遙遠的地平線上，裊裊上升。後來我在教會學校裡讀到耶穌在最後的晚餐桌上告訴門徒猶大曰：『在雞鳴前你會背叛我三次。』總是想到我那次回答。」

感覺是重複書寫，文字還是有差。張的散文氣韻生動，譬喻絕妙，就算到七十歲，文筆更貼近〈私語〉，怨而不怒，哀而不傷，是絕好文字。她之愛買布料裁旗袍，肯定不是受母親影響，母親只穿洋裝。給她置辦的衣服，款式太舊，只能在家裡穿，她喜歡紫褲加大紅背心，在穿著配色上，偏向古典。

後來她有「戀衣狂」，有錢就去買布料，覺得美麗的布料像一幅畫，她買廣東大花土布做旗袍，跟台灣現在瘋迷客家土布是一樣的，可她早了八、九十年，她還愛好服裝設計，曾想與炎櫻開服裝店，她與鄺文美也常討論衣服，在美國時，她畫圖給她，款式顏色都畫好，要她買布料，訂製寄給她，這些大都是旗袍。幽居時一切從簡，她也買西式成衣，有大花連褲裝，也有學生氣的深藍白條紋洋裝，孔雀藍襯衫，美東常備的駝色大衣，珍珠呢短大衣有香奈兒風，她的服裝大氣，連七十三歲那襲黑底白紋的針織衫，也不老氣，她總知道自己穿什麼好看。

文章中也有新添的，寫家裡來了一個妓女，親戚不敢上門，以前常來的妞大姐姐也不來了，連二十歲以上的兄弟也不來了。我們在《對照記》中看到妞大姐姐，原來是這樣出場的，還有隱形的胖大姪姪與游大姪子，她特別描寫了後者：

他大概有十七、八歲，個子相當高，長長的一張小白臉，比兄姐都漂亮，卻拖著一條油鬆大辮，到處被目為怪人，確實需要勇氣，尤其在他這年齡。我母親與姑姑在家的時候提起來都帶著輕微的笑聲，但是也不當作笑話講。他們走了他盡職地來看我弟弟和我，一會就走了，根本沒坐下，在我們那間充滿了陽光的起坐間裡，翻閱一本紅線條格的藍布面帳簿，我從門房拿上來寫小說的。第一句「話說隋末唐初時候」，寫到半頁就寫不下去了。

「喝！寫起《隋唐演義》了！」

我微笑，留神不看他背後。

這是八歲前的事，也就是六到八歲，她已嘗試寫小說。她很重視這件事，在原稿中寫了兩次，八歲讀《紅樓夢》，十四歲寫《摩登紅樓夢》之前，她已有寫小說的企圖，可說早慧，妞大姐姐與游大姪子都是張人駿的後人，是代表父系，說明她的血統裡有父系的守舊。他們還留著髮辮，不知忠於清室，還是為向祖父示愛，也許混合著同情憐憫的憐愛。

她分析這樣的憐愛，是否也反應自己的？

第二個四年週期是一群總管奶媽丫頭看著她，還有教讀老師，她沉浸在畫畫的世界，也聽《三國》、讀一點《隋唐演義》、《七俠五義》，她的古文底子不錯，作文都是第一個交卷，這週期的結束是母親跟姑姑回來。

她們要回國，一家子從天津搬到上海迎接她們，媽媽回來了，張干卻要走了，弟弟沒哭，她倒哭了，隱隱覺得張干會以為這是張對她的報復，收拾行李時，弟弟沒作聲，應該是心慌。

她倒是依戀，母親走時她沒太大感覺，因母親常不在，但張干何干是親近的人，朝夕相處，張干走時還跟她說：「毛姐，我走了，你要照應弟弟，他比你小。毛哥，我走了，你自己當心，要聽何干的話。」

母親姑姑回來共兩年，她雖開心卻覺得不踏實，她們像神仙教母，給小孩帶來幸福的命運作為禮物，但她們來來去去，行蹤不定，不知何時會走。母親租了洋房別墅，布置得很精美，她還有自己的房間，漆著想要的顏色，這一切太夢幻了，姑姑彈琴，母親畫畫，還帶她去聽音樂會，並要她在畫畫與音樂選擇一項，她選了學鋼琴。

因與舅家住得近，常去找表姐玩，她們帶她去三層樓上見「好婆」，是外祖父的小妾，出身堂子，舅舅仍當母親奉養，小孩爭相幫她搥腿，張搥得手痠也不歇，總希望她說我比表姐們好，卻換來一句半句誇讚，出於中國婦女例有的禮貌。

〈愛憎表〉的文字雖淡，卻充滿畫面感，與精妙的比喻：

常常就剩我一個人在搥腿，她側臥著燒煙。沉默中幽暗的大房間裡沒什麼可看的，就那兩只慘綠綠的大玻璃罐，比紙煙店的糖果罐高大，久看像走進細雨黃昏的花園，踩著濕草走很遠的路，不十分愉快的夢境。

七十歲時的文字還有這樣的筆力，這未完的〈愛憎表〉價值很高，她追溯母系的血緣，說自己「遺傳往往跳掉一代。沾著點機器的事我就是鄉下人。又毫無方向感」。她不會使用電器，說明書看一整天還看不懂；不會繫安全帶，她把它歸因於出身鄉下的外婆：

「是我外婆。」我快到中年才想起來，遇到奇笨的時候就告訴自己，免得太自怨自艾。

張是否遺傳外婆的「鄉氣」，媽媽、舅舅都沒有，怎會是她與弟弟有呢？兩個人生活能力都有問題，難不成是老媽子慣出來的？如是這樣，父親應該更嚴重才對。

母親一直沒發現她什麼都不會做，一直到逃向母親，才教她燒開水補襪子，詫異說：「怎麼這麼笨？連你叔叔都沒這樣。」可見父親生活能力正常，她跟弟弟動作與反應皆緩慢，張智商高，能夠以才服人，弟弟的景況就不好了，連張干都欺侮他。

將孩子丟給老媽子服侍，沒人管沒人教，姐弟都是生活的白癡。她愛著的弟弟，知道姐姐樣樣比他強，母親姑姑更重視她一些，他生起妒忌心，將姐姐畫他的圖畫了一道粗槓，力透紙背，這裡種下分歧，那年她十一歲，弟弟十歲。母親讓她上小學，弟弟沒份。

母親回來一年多，與父親離婚後再度出國，她入中學住讀，物理、理化不及格，連英文課的小說一本也讀不下，《佛蘭德斯的一隻狗》，讀一兩頁就看不下，她覺得煩悶，考試前曾找同學惡補，一下子忘得乾乾淨淨，隔年讀《織工馬南傳》也是如此，課上到想逃學，所以她很同情那些輟學打工或逃家的人。

那她到底喜歡讀什麼？除了《紅樓夢》，姑姑書架上的《世界最佳短篇小說》、威爾斯的四篇非科幻中篇小說、羅素的《征服快樂之道》，與幾本蕭伯納劇本……她吃不下教育成長故事，政治過於正確的讀物，這些對她來說過於簡化人生，她偏愛風格怪異人性細節多的小說。

第三個週期母親離婚，父親再娶，繼母進門，婚後遷入她出生的那座老洋房，為了開源節流，降了何干的工資，讓她去照顧弟弟，頭髮白了還要洗被單，張一個月回來一次，聽見隔壁裝著水龍頭的小房間洗衣板在木盆中格登格登地響，響一下心裡抽痛一下。

學鋼琴六、七年，住讀沒學琴不能練琴，只好也在學校找老師學琴，老師要求彈琴手背扁平，家裡的白俄老師要求手背圓凸，讓她不知如何是好，學費又貴，她只好放棄。琴到底學得怎樣，她自己從沒提過，只寫過文章批判西洋音樂。也沒人提到聽過她彈，大概少彈或不彈了。早知道當時選擇學畫，她是真喜歡。

這篇一萬四千字的散文只寫到第四個週期，其他只有大綱，最晚寫到由香港返滬，那已二十一歲了：

返滬船上，紅燒肉（阿英）解禁，但炒飯 junk food 快餐。only 火車上。Then back for HK：「地氣」炒飯。逍遙法外 FOR 母 RULE。草爐。鴿——不是味。省未吃苦。二，填——bravado ？X。

這裡大概想解釋為何在當年〈愛憎表〉上寫最喜歡吃叉燒炒飯，可能戰時吃不到肉，紅燒肉解禁，在返滬船上吃到，覺得很沾地氣？印象深刻，而且母親禁吃這個那個，她這時逍遙法外，覺得格外興奮，她在姑姑家還吃了很瘦的乳鴿與草爐餅，生活很省，但沒吃什麼苦頭？

她真正喜歡的菜和零食大都是甜的，如到街上，一定要買紫雪糕和爆米花。在家最愛吃老女僕做的山芋糖，愛吃的菜是「掌雞蛋」和「合肥丸子」，她比弟弟能吃，身體也強多了，在陌生人面前很安靜，跟熟人只要聊到她喜歡的，意氣風發，侃侃而談，笑得很大聲。

這些想寫未完的大綱，有些是沒寫過的，如寫張人駿，提及尚小雲與煙台出美人與蘋果。可惜沒寫完，這裡有她更詳細的童年與生活細節，重心在強調父家的守舊與節省；母家的鄉氣，何干也是鄉下人，她老愛問她鄉下的事，總之，她自認自己是鄉下人，這跟貴族、華麗皆無關，可說一反早期或一般人的看法，其平淡自然樸實，稍帶距離但又情真意切，對母親無怨言，父親、弟弟及其他人物都很中性，一如〈私語〉的婉約，又有《對照記》的真情流露，如能完成，相信更為驚動四方。

〈愛憎表〉本是中學畢業班年刊上的填表，她寫的是最怕死，最恨有天才的女孩太早結婚，最喜歡愛德華八世，最愛吃叉燒炒飯。多年後看了不以為然，於是因解釋生出一篇長文。

其中最值得注意的是十七歲那年差點死掉。「我畢業後兩年內連生兩場大病，差點死掉。第二次生病是副傷寒住醫院，雙人房隔壁有個女性病人呻吟不絕，聽著實在難受，睡不著。好容易這天天亮的時候安靜下來了，正覺得舒服，快要矇矓睡去，忽聞隔壁似有整理東西的綷縩響動，又聽見看護低聲說話，只聽清楚了一句：『才十七歲。』」

她以為說的是她，原來是隔壁房間的女孩。她覺得是自己死了而不知道，或是那個女孩替她死了。她十七歲被父親關，病得差點死去，同一年又重病，連續受這打擊，自言退化到童年。

十七歲她已死兩次，一九九〇年到一九九一年她寫這些，是因姑姑病重，病死嗎？姑姑過世後不久，這些文章就停在那裡。

一九八四年，婚後五年姑姑張茂淵罹患乳癌，李開第不願讓她知道。她已八十三歲高齡，不能放療或化療，從一九八五年起，張愛玲便被「蟲患」追得無處可遁，顧不上姑姑。一九八七年初，張茂淵寫信向宋淇求助尋找她，張茂淵那時手顫抖，字體彎曲如蚯蚓，善解人意的李開第遂以正楷謄抄。

一九八九年春節二月底，張茂淵癌細胞已擴散至肺部。醫生告訴李開第的女兒：準備後事。李開第要求全家說是肺氣腫。之後打聽到一名醫，他獨家發明研製用蛇毒治癌，療效不錯。自此李隨身必備蛇毒藥，因此延年了兩年三個多月，廣州醫生說：「這是愛情的力量。」

一九七九年九月，在她六十歲生日時，姑姑寫了越洋信祝賀：「你今年是六十大慶了，過得真快，我心目中你還是一個小孩。」可見她與姑姑感情之深。

在《張愛玲私語錄》中她寫著：

我姑姑不要我還錢，要我回去一趟，當然我不予考慮，她以為我是美國公民就不要緊。她以前為了愛一個有婦之夫沒出來，後來他太太死，但是他有問題，文革時更甚，連我姑姑也扣退休金。兩人互相扶持，現在他 cleared，他們想結婚不怕人笑。她倒健康，她眼睛有白內障。我非常感動，覺得除了你們的事，是我唯一親見的偉大的愛情故事。

一九九一年六月九日，張茂淵九十歲生日，李開第特地為她舉辦小型生日晚會。當吹完蠟燭，吃完蛋糕後，張茂淵便發病。他急餵她蛇毒藥，這時已無法吞服，進入昏迷，一週後離世。

一九九一年六月，李開第寫信給張愛玲，第一句便是「請你鎮靜，不要激動，報告你一個壞消息」。信中敘述，兩年多前西醫已宣告無法治療，李開第請相熟的醫生以蛇毒給藥，自己也盡心服侍，張茂淵因此「帶病延年了二年三個多月。雖經常覺得頭眩胸悶，我每日給她換膏藥和按摩，總算沒有疼痛的苦」。信的結尾再次強忍哀慟，請愛玲「不要悲傷，身體保重」。

姑姑死了，彷彿自己又死一次。姑姑是六月走的，她八月去信宋ＣＰ，提及正寫〈愛憎表〉，可能更覺得該寫。一九九二年預立遺囑，指定林式同為遺囑執行人。一九九三年完成《對照記》。因此再看這段文字特別有感：

小時候人一見面總是問：「幾歲啦？」答「六歲」，「七歲」。歲數就是你的標誌與身分證。老了又是這樣，人見面就問「多大年紀啦？」答「七十六了。」有點不好意思地等著聽讚嘆。沒死已經失去了當年的形貌個性，一切資以辨認的特徵，歲數成為唯一的標籤。但是這數目等於一小筆存款，穩定成長，而一到八十歲就會身價百倍。一輩子的一點可憐的功績已經在悠長的歲月中被遺忘，就只有活到這一把年紀是值得驕傲的成就。至少在人生的兩端，一個人就是他的歲數。但是從六、七歲一直延伸到十七、八歲大都還是這樣。那時候「我十七歲」是我沒疑問的值得自矜的一個優點。

在我心目中「十七歲」就是說我，聽了十分震動，幾乎不相信自己的耳朵。

就也安於淪為一個數字，一個號碼，像囚犯一樣。

在生命的兩端，一個人就是他的歲數。

但是我十七歲那年因為接連經過了些重大打擊，已經又退化到童年，歲數就是一切的時候。我十七歲，是我唯一沒疑問的值得自矜的一個優點。一個反戴著的戒指，鑽石朝裡，沒人看得見，可惜鑽石是一小塊冰，在慢慢地溶化。過了十七就十八，還能年年十八歲？

所以我一聽見「才十七歲」就以為是說我。隨即明白過來，隔壁房間死了人，抬出去了，清理房間。是個十七歲的女孩子。在那一色灰白的房間裡，黎明灰色的光特別昏暗得奇怪，像深海底，另一個世界。我不知道是我死了自己不知道，還是她替我死了。

延伸閱讀：

一、〈我的天才夢〉：可試寫千字自傳散文。

二、〈私語〉：計劃寫長篇自傳散文

第三課

活出另一個自己

兩次傷寒活下來，卻落下很多後遺症，魏可風認為她得的是斑疹傷寒、傷寒或洛杉磯出血熱。「主要由跳蚤、蝨子、蜱蟲、恙蟲、蟎蟲齧咬之後造成。這些節足動物都會傳播的病原體是立克次體，而雞豬牛羊貓狗都是這些昆蟲的宿主」。在台灣或離島常見的恙蟲病，如未得到及時治療會死亡。連續兩次傷寒還能活下來簡直是奇蹟，試想她被關在環境惡劣的地下室，可能因此被蟲叮咬，而引發斑疹傷寒，它既作用在皮膚上，也作用在血管上，可能並未完全痊癒，她每隔一段時間就會發燒嘔吐，常要臥床調養，吃不下東西只好靠打營養針，最可怕的是立克次體侵入神經系統，也會導致患者在極度疲倦下，恐怖地看到自己身上或周遭忽隱忽現的蟲泡痕跡。

在她年紀尚輕，抵抗力較強時，還能一次次度過，之後孩童時圓滾滾的嬰兒肥不見了，一直是超瘦體型。

過了十七歲她變了一個人，主要是母親又走了，她到香港努力讀書，只用英文說寫，卻還寫出〈我的天才夢〉這樣的妙文，她像個新的自己，能自己上街，還交了好朋友炎櫻，她碰到對的人話就多了，且妙人妙語，兩個人講英文與上海話？在不使用中文下，她能用中文寫作，這讓她對自己的能力漸有信心，她知道只要她努力就能做到最好。過去她做什麼都為取悅母親，學鋼琴、英文，考牛津，覺得自己拖累母親，時時看母親臉色。她跟母親上桌吃飯一定很拘束，之前都是她一個人在房裡吃，別人不送到嘴的東西她不會吃，何干的一只柿子，她天天去看，看到壞了急壞，她想吃啊！但絕不會開口，母親教她餐桌禮儀，要多吃青菜水果，她都照做，如果她到英國唸大學，母子會決裂嗎？也許會，但沒那麼快。母親是個優雅的女人，但大小姐脾氣與剛烈性格，處處挑她毛病，她都忍下來。

主要是獨立生活讓她對自己有信心，膽子也大了，香港戰爭爆發，丟炸彈時，她照看小說，怕看不完，死過兩次的人對死冷淡，在路有死屍中去買吃的，旁邊就躺著死人，照顧快死的傷兵，她也無同情，她說自己變得冷酷自私，可能她選擇常把自己隔絕疏離。

一九三九年，母親路過香港住淺水灣飯店，她這次有個小男朋友，還帶來一堆朋友，感覺不是特地來看她，但她也常常到飯店看母親，有時就睡那邊。有一天，得到一筆獎學金，現鈔厚厚一疊用報紙包著，這是她用卓越的成績換來的，第一次靠自己賺到的錢，她巴巴地坐車到淺水灣獻給母親，她們家都重錢，且常斤斤計較到摳省，母親照舊淡淡的，對她從無好話。這她習慣了，可一夜醒來把她的獎學金輸光了，如果張大哭大吵一頓還好，她跟母親之間一向只有母親在說，他們家是會為錢翻臉的，更何況那是更好的錢，母親把它當賭金輸了，這把她的自尊踩在地。她有著奇異的自尊心，是鬧擰永不回頭，但她什麼都沒說。

自此，她的偶像幻滅，心已不在母親身上。

二十一歲是她重要的一年，也是驚濤駭浪的一年，經過港戰的洗禮，又在心理上與母親切開，她覺得宛如重生。她第一次過獨立生活，自己打飯，與炎櫻一起逛街，還躲空戰，照顧傷兵……這些都是從來沒有過的，以前父親給她一塊錢到巷口買花她都覺得刺激，現在的她可說留學歸來，雖沒姑姑孀孀跑得遠，但也是跟她們一樣蹚過洋水，姑姑一直喜歡這個姪女，可能在親人中只有她瞭解張的才華。張在心理上切開母親，這下子一面倒向姑姑，展開新生活。

回到上海，插入聖約翰大學中文系，與姑姑同住，從此她只有姑姑了，姑姑因打分家官司不利，錢分少了，又把錢拿去資助李國鼎，現在錢緊了，靠自己能力上班賺錢，姑姑會包芝麻小籠包給她吃，抓到很瘦的鴿子做乳鴿，更像是親人。她也努力寫稿賺錢，幫姑姑分攤房租，起先寫英文稿投英文刊物，現在我們回頭看這一系列散文，如〈更衣記〉、〈洋人看京劇及其他〉……等，有種早熟的世故，文筆沉穩，見解新穎，跟〈我的天才夢〉相比，又更上一層。姑姑也幫她牽線周瘦鵑，還在家中款待他，自此小說在《紫羅蘭》發表，這個還在學的大學生自此成為職業作家，兩年內在《天地》等刊文，因邀稿太多，稿子不足，她又把早些時發表的英文散文翻成中文刊登，中文系自然是不讀了，她的稿酬越來越高，光〈連環套〉一個月就給一千，而一九四三、四四那兩年的稿量就有三、四十萬字，這時她大致已養成天天寫稿的習慣，因此談戀愛有時也一邊談天一邊寫稿，兩人都待在房裡，身邊有個妙人兒，讓她靈感噴發，之前是炎櫻，接著是胡蘭成。

他們的認識是透過文章，胡讀了她的〈封鎖〉大為驚動，蘇青給了他張的地址，他前去拜訪，張沒見他，胡留下名片。她的不見人已經是有名的了，也不是耍大牌，而是她天性怕見人，再加上寫作花去太多時間，沒必要就不見人。為何隔天回訪，自己上門呢？

也許是蘇青幫他加分，她曾陪蘇搭救過他，感到他的重要性，一個被汪精衛關的人，也許站在汪的對面？蘇把他說得如同革命志士，她是信蘇青的，光這點就有好感，因此回訪，胡的口才與對她文章的欣賞，很快就打動她。

原是知音，胡本沒多想，在他交往的女人中還沒這種，她喜歡的女人都沒太高教育，門第不高，好看是最低的門檻。張太高了，不僅身高，才高，門第也高，應該先是敬，後來是愛。

他追女人都以結婚為前提，這讓女人放心，可他同時有好幾個，大約是常態，他交往小周，張也是知道的，但不敢面對，因她相信自己在他心中的分量，在胡這邊，也不把她當一般女人看待，只是濫情一直是他的主軸，當她發現真的有問題，直接攤牌時，他已跟范秀美在一起了。

張如此後知後覺，跟她從不問的家風有關，禁絕好奇心，相信她姑姑也不太問，很多事都裝不知。這在大家庭很常見，以不溝通為溝通，因此攤牌時都很決絕。相信胡也不知自己被分手了。

胡蘭成的評價很分歧，因他是張最用心愛與付出的人，對他需要再做一次評價，感情上是個蕩子，這很多人都討論過，但歷史評價需要更全面，因他也影響一些人，他高中都沒畢業，大都靠天分與自學，口才想必是極好，如果我來看，他的書法最好，文筆次之，論學又次之。

他生於一九〇六年，是浙江嵊縣北鄉胡村人，胡村現已劃屬上虞縣，此地的紙業手工業自古有名，王羲之、謝靈運的故鄉，也是越劇的中心。出身農民家庭，原先家境小康，父親識字，兼營一些茶葉生意，後因經營不善，生活窘困，常常無米下鍋，母親曾為孩子煮豆種當飯吃。胡蘭成在兄弟中排行老六，七歲上學，因無錢上學，十二歲時認了上虞俞傅村的俞氏為義父，供他上學，因此比一般人晚讀，十五歲時才隨表兄吳雪帆遠赴杭州入蕙蘭中學讀書，求學四年。在即將畢業時，這時已十九歲了，與負責英文校刊的老師發生衝突而遭開除處分。但在這四年中他開了眼界，因晚讀的關係，從十五歲到十九歲，等於是讀了半個大學，杭州一群優秀的文人薰陶了他，曾結識湖畔詩人汪靜芝，他從浙江省第一師範學校畢業，後為復旦大學教授，受五四運動新思潮影響，在一九二二年與潘莫華、應修人、馮雪峰等組織現代文學史上最早的新詩團體——湖畔詩社。胡就在此時期受文學啟蒙，當年他才十六歲，他的吸收能力可能極好，悟性也高：也曾跟書法家周承德習字，他是留日早稻田大學博物科出身，書法深受精於書道的犬養毅器重，為西冷社創始人兼社長，康有為曾稱他是「浙省第一人」，胡的書法學自周承德，形相似，神較空疏。所謂地靈人傑，他能結交此二高人，受其才學影響，這些都成為他的重要文學因子。他又結交杭州同學斯頌德一家，可說是待他如自己人的恩人。十九歲時再由義父家出資與唐溪唐玉鳳完婚，婚後在家鄉胡村小學教書，二十歲時遠上北京，由同學介紹，在燕京大學副校長室擔任文員，在北京加入了國民黨，初次接觸了馬列主義，曾參與活動。然次年即南歸，失業在家。

在此之前，他受到的教育與培養，來自結識的高人多於正規教育，因此敢與老師起衝突，這成為他的底氣，也讓他膽量越來越大。一九二八年他到杭州蕙蘭老同學斯頌德家閒住一年，承斯家以子姪相待。一年後，經表兄吳雪帆介紹至杭州中山英文專科學校任教職，二年後，至蕭山湘湖師範任教，又二年，髮妻玉鳳病故，由崔真吾介紹遠抵廣西南寧第一中學任文史教員。此時已二十六歲，次年轉至廣西第五中學任教，與全慧文結婚，這是他韜光養晦最為平靜的幾年。他在廣西先後五年，轉了四個學校。在這時期潛心苦讀，醞釀初步的想法，正需要一個自己的舞台，他讀的書可能以古書為多，羼一點禪宗的書，或理學：他以「士」自稱，到底還是在封建的基礎上，肯定中國的四書五經傳統，他說的民間性與女性之神，可能受張影響，屬於他自己的是強調「喜氣」，這跟道家的「逍遙」、佛家的「拈花微笑」、儒家的「天行健」有關，因此產生無差別無判斷無是非「一切諸好」的思想。

回胡村後，立即寫了兩篇評論文章寄去，一篇〈論中國的手工業〉，一篇〈論該年的關稅〉。兩篇文章立即被刊載，而且接著在日本《大陸新報》譯載，不久又轉載於《經濟學論文拔萃》月刊，這就引起了《中華日報》社長林柏生的重視。經由推薦，林柏生任命胡蘭成為《中華日報》主筆。在《柳州日報》發表社論文章，說「發動對日抗戰，必須與民間起兵開創新朝的氣運結合，不可被利用為地方軍人對中央相爭相妥協的手段」，這惹怒了地方諸侯，被關了三十三天，他在獄中給白崇禧寫信，不但獲釋且得到五百元路費，得以攜帶妻子返回嵊縣故里，這裡看出他的「敢」，敢說敢寫敢要。

一九三七年七月七日全面抗戰開始，隨林柏生去香港，進入《南華日報》，結識穆時英、戴望舒等詩人，與新感覺派有交集。一九三八年汪精衛創導「和平」運動，胡蘭成贊同其觀點，遂加入成為投降派，在報紙上投稿，胡蘭成按照林柏生的旨意，大寫特寫擁護「豔電」的主張。從一月中旬到二月初，短短一個月內，胡蘭成總共撰寫了十三篇文章，都是以《南華日報》社論的形式發表，從一九三九年一月四日〈我們的鄭重聲明〉開始，到十二月十二日的〈建軍的使命〉止，胡蘭成搖旗吶喊，一年之中，平均約三天就有一篇政論文章問世，其書寫的速度十分驚人。這樣有目標且猛烈的吹捧很難不受注意。兩個月之後，汪精衛祕書陳春圃到香港約他見面，交給了汪的一封親筆信。開首就說：「茲派春圃同志代表兆銘向蘭成先生致敬！」

此後數年一直追隨汪，在汪政府擔任宣傳部次長，並出任上海《國民新聞》報社長，與全慧文離婚，同應英娣結婚。一九四二、四三年間，出任偽行政院法制局局長、經濟委員會特別委員等職。此時上海淪陷，胡蘭成成為文壇主要作家、評論家，與張愛玲相知而結婚。與應英娣離婚。

他長年受人幫助，因此敢於自我推薦，常能獲要人賞識，「敢要敢說」可說讓他渡過許多難關，他不但不因自己出身貧農為恥，對民間生活和文化是極親愛的，他喜歡的女人大都是居家型的。

一九四四年胡至漢口接管《大楚報》，在漢口前後共九個月，與漢陽醫院護士周訓德相愛同居。一九四五年八月，日寇投降，胡蘭成列入被抓捕的漢奸行列。他開始潛逃，先在漢口喬裝成日軍傷員搭乘傷兵船返回南京，然後抵上海，藏匿在日本僑民家中。一月後離上海逃往浙江，仍住老同學斯家，此時斯家因抗日戰爭已由杭州搬回諸暨老家，胡蘭成兩度藏匿於此，後一次閉鎖樓上達八個月之久，此時開始著述，《今生今世》、《山河歲月》等作品大約完成於此時，他已由政論家變成史論與散文家，且為張所喜，張喜的是他的文字，然《今生今世》的文筆確是自成一格，妖豔浮誇，敢言無遮，把他的「喜氣」表達得淋漓盡致。斯家為了保密，連傭人都辭退了。同學斯頌德的父親，是辛亥革命功臣，革命成功後任杭州軍機局局長，居家金剛寺巷。老爺於四十多歲時去世，身後留下一妻一妾並五、六個孩子，生活並不富裕，太太親自操辦一家人力車行，以此維生，但出手大方，且如此保護胡，令人覺得不可思議。還搭上一個小妾秀美，老爺去世時，斯太太四十六歲，秀美才十八歲。

秀美溫州人，十幾歲時賣與斯家作妾，長得應該端好，老爺死後她努力上進，到杭州上蠶桑學校，後在臨安蠶種場任技術員，收入貼補家用，與斯太太一起撐持家庭生計。當胡蘭成藏匿諸暨斯家時，斯太太曾多次為之轉移躲藏，或奶媽家，或友人家，藏無可藏時，秀美自告奮勇，帶他回溫州老家去躲藏，幫斯家解決難題，她自己也沒想到要防這男人。他們經金華、麗水，沿甌江順游而下，水陸兼程，朝夕相處，半路上兩人即同居了。秀美在溫州找到了七十多歲的母親，父親早去世了，秀美和蘭成即以夫妻相稱，與母親同住在貧民窟中。在這裡胡蘭成改名換姓，套用張愛玲家世自稱張嘉儀，河北豐潤人，祖父張佩綸，出身名門。他在溫州另開新局，與名人打交道，出入圖書館、裱畫鋪、書畫展，投稿報刊奉和名人詩詞。結交溫州耆宿劉景辰、商會會長楊雨農。劉老先生德高望重，交遊極廣，浙江省教育廳長亦是其學生，胡很得高人喜歡，這是他最重要的資產，劉器重他的才學，介紹至溫州中學教書，從此在溫州安居樂業，就在此時，張愛玲提出與胡蘭成中斷婚姻關係，張的親族雖多三妻四妾的老爺，她自己嚮往一夫一妻的婚姻，經過探訪與談判無效，她的愛漸死去。

胡蘭成是張愛玲的知音、解人，也是負心人。二人相知相識之後，張愛玲的創作風格較前有些變化，可比較〈第一爐香〉、〈心經〉與〈鴻鸞禧〉、〈金鎖記〉，後者作品少了華麗，更多人生的「蒼涼」，可說更為成熟。胡蘭成、張愛玲可說是亂世奇才，奇才遇見奇才，必然會擦撞出火花，張寫成〈傾城之戀〉、〈紅玫瑰與白玫瑰〉、〈色，戒〉、《小團圓》；胡寫成《今生今世》、《山河歲月》，張學與胡學影響後世深遠，這些作品大都有五十到近八十年歷史，就有如張在六〇年代研究七十年前的《海上花》，六、七十年真的很久，張學的意義在古典小說的傳承與現代化；胡學在理學、經學、史學的世俗化，兩人都強調民間性與女性文明。他們都以平凡男女為基底創造出綺麗的新文體，在四〇年代文學中走在前面。

如果說，胡蘭成乃是靠張愛玲成名，只對了一半。胡出身鄉野，憑自修的才學文筆，能在戰亂中得到大靈感，是張轉化他，他又度脫自己。新儒學大師唐君毅讚許胡蘭成「天資甚高，於人生文化皆有體驗」，並嘆其論中國民間生活之文可喜，已所不及。胡後流亡日本，亦見重於日本知識界，對三島由紀夫影響頗深的右翼批評家保田與重郎即對胡蘭成推崇備至，稱其為「中國第一流的人傑，也是東方文明第一流的學人」，日本人為何推崇他，因他那中華與東方中心主義，振奮戰敗的右派，得到民族信心。我的看法跟川端康成較近，他嘆賞胡蘭成書法高妙，全日本無人堪與比肩，他的字得周承德真傳，是有過人之處。

《今生今世》寫西洋文化凡百皆錯，惟中國民間對於世界有廣大的愛悅，乃為清堅決絕、情理平正的人世。中國禮樂之風景在民間，故現代中國只需返而求諸野，與西洋可以只是一個海晏河清。他最大膽的是給鄧小平寫信，直指西洋哲學為粗惡，「其本體論沒有一個『無』字，其認識論沒有一個『悟』字，其實踐論沒有『修行』二字。」可說是民族主義的復興者，他永遠知道政治領袖想聽什麼，因此在大陸，給他的評價甚高。

胡蘭成是中國現代文人中的異端，也秀了文人的下限，堪比黃巢的奇才與大志，胡非武人而有大志，這大志是註定要失敗的，這種人亦佛亦魔，百世僅得一見，大約妖雄的文字都是妖美的，如：

題菊花

颯颯西風滿院栽，蕊寒香冷蝶難來。
他年我若為青帝，報與桃花一處開。

自題像

記得當年草上飛，鐵衣著盡著僧衣。

天津橋上無人識，獨倚欄干看落暉

說胡兼採儒、佛、道，不如說是舊東方主義加神道教的組合，新東方主義是薩伊德提出的，將西方視為凝視的他者與霸權，舊東方主義貶抑西方，高度讚揚東方文明，他的東方主要以中國與日本為主，他常用的「神」、「仙」指的是日本的天神，而日本文明中多有女人的身影，因此他提出這論點一方面支持了皇權君權，讓君主立憲得到支撐，而強調女性文明，是崇拜巫神的衍化，能讓父權下的女性得到肯定，這雙面兩手，是夠魅惑人。

至於胡的感情觀與道德觀是極度自我中心的，他愛所有能碰到的女人，卻是花葉相忘：

梁元帝〈採蓮賦〉：「畏傾船而誼笑，恐沾裳而斂裙。」原來人世邪正可以如花葉相忘，我做了壞事情，亦不必向人謝罪，亦不必自己悔恨，雖然慚愧，也不過是像採蓮船的傾側搖盪罷了。

所謂花葉相忘即與己無涉，沒有準則，一切錯都無罪，這樣的思想是如何生成？是把書讀到反面嗎？或是一種遁術？他一生確實一直在逃遁中，遁者的哲學是格物而能超脫於物的遁術，連愛也常在逃遁中發生，他在逃遁中照見萬物，形成不受任何拘限的超越者形象，為此自愛自賞，有如蟬蛻之前，鳴聲不已。所有的金蟬脫殼都讓他如過一劫，政治是一劫，女人也是一劫，而他一生歷千劫而逃遁成功。

王德威認為其文章於「感時憂國」的文學正統外，另開抒情一路，可上溯周作人、廢名、沈從文一脈。我覺得他很難歸類，胡蘭成喜以蕩子自比，蕩子民歌中最多，就說他是民歌高手吧！且看他的自彈自唱：

「愛玲好得不能用來做選擇，我已有妻室，她並不在意。再或我有許多女友，乃至挾妓遊玩，她亦不會吃醋。她倒是願意世上的女子都歡喜我……」

「我在憂患驚險中，與秀美結為夫妻，不是沒有利用之意，要利用人，可見我不老實。」

張胡的影響都是離開中國後才漸漸產生，張靠宋淇、夏志清將她的地位帶到高峰，胡則靠池田敏雄等日本人替他鋪路，七〇年代胡到台灣，張胡學第一次會合，胡的作品在台灣出版，兩人一衣帶水激起波瀾，張沒想沉默，還寫了《小團圓》，並沒否定對他的感情，只是看清他的為人，也說明他背叛她之時，她也有別人，更好的。如果在當時出版，必定掀起波瀾。

第四課

反諷與倒寫

——張愛玲〈紅玫瑰與白玫瑰〉

寫小說除了寫活人物、照顧情節、寫活對話、選擇敘述觀點、布置場景，如何進一步深化小說的戲劇張力？利用對比設計以加強諷刺性，以及利用倒寫以顛覆性別刻板印象，可說是較複雜的技巧。凡人都不喜歡單調平直，對比設計是打破單調的重要方法：簡單的對比如好人與壞人、英雄與魔鬼、美女與巫婆、王子與乞丐，都能形成對比設計產生戲劇張力。

而諷刺技巧又分為反諷（irony）、嘲諷（satire）、譏刺（sarcasm）。其中反諷為最高級的諷刺技巧，它是語言的諷刺，常以反語或雙關語出之。如我們對倒楣的人說：「你的運氣未免太好了！」又如杜甫諷刺當時社會貧富不均說：「朱門酒肉臭，路有凍死骨」。

嘲諷也是在語言上，但卻是較露骨直接的諷刺，如白居易寫《長恨歌》諷刺唐玄宗：「雲鬢花顏金步搖，芙蓉帳暖度春宵，從此君王不早朝。」「但使天下父母心，不重生男重生女。」

譏刺多半是情境或動作上的諷刺，常出現尖酸刻薄的情境或突梯可笑的場面，如《儒林外史》描寫范進中舉種種誇張可笑的情節。

反諷（irony）作為非常重要的諷刺技巧，常與對比設計；有如莎士比亞《威尼斯商人》中慳吝刻薄的猶太人和有情有義的男主角，反諷商場上的利益至上，又如《西遊記》中的孫悟空和豬八戒，反諷人性之矛盾。

以張愛玲之〈紅玫瑰與白玫瑰〉為例，文中以男性的觀點寫「振保生命裡兩個女人，一個是聖潔的妻子，一個是熱烈的情婦……也許每一個男子全都有過這樣的兩個女人，至少兩個。娶了紅玫瑰，久而久之，紅的變成了牆上的一抹蚊子血，白的還是『床前明月光』；娶了白玫瑰，白的便是衣服上沾的一粒飯黏子，紅的卻是心口上的一顆硃砂痣。」這句話對於傳統的男人確有幾分真實。他們把女人分為貞女與妓女兩種，這種簡單刻板的二元分立，由女性的筆寫出就充滿反諷的意味。同時它也是倒寫，即表面同意，事實上是加以拆解的過程。

文中一再強調振保是個「好人」，所謂的好又是反語，在一個不講求兩性相互尊重與理解的制度下，男性被設計成追求成就、捍衛家族利益的無情怪物，正因為內心乾枯，才會將自身的情欲投射到女人身上，而人的內心有天使與魔鬼，面具與陰影，經由他內心折射出來的女人也只有兩種，一種是無私自我奉獻的聖女，一種是淫蕩無恥的妓女，前者無性，後者多欲。振保輕率地離開熱烈愛他的紅玫瑰，娶了看似貞潔的白玫瑰，情欲無法滿足，落得以嫖妓度日。當他多年後再見到紅玫瑰，看她生活美滿，不禁淚流滿面，那並非懺悔的眼淚而是失敗的眼淚。

振保最大的痛苦在於價值系統的崩潰，他努力做一個好人，認為感情的失敗不算失敗，不妨礙作為一個好男人，但他知道自己的內心逐漸空洞與腐敗。他同時錯看了女人，原來玫瑰之白非白，紅非紅，白會變紅，紅也會變白，就像浪漫的紅玫瑰變成貞潔的妻子；貞潔的白玫瑰卻紅杏出牆。女人既不純然是紅玫瑰也不純然是白玫瑰，而是變色的玫瑰。

作者表面上同意父權社會對女性的二元分立，事實上紅與白不是絕對的，而是可以互換，既然可以互換，那麼原來的假設就被拆解了。更進一步說，女人是花嗎？男性常以花比擬女人，就像張愛玲另一篇小說〈花凋〉中早夭的川嫦，她的墓碑上刻著：「川嫦是一個稀有的美麗女子……十九歲畢業於宏濟女中，二十一歲死於肺病……回憶上的一朵花，永生的玫瑰」。這麼詩意的文字出現在墓碑上，正說明女人的一生是多麼諷刺的子虛烏有。

花，看來好像是具備生命的象徵，事實上，加在女人身上的符號，常是脫離泥土無根的花朵，只具備花的表象，而不具備植物野性的生命力。第一個將女人形容為花的，或許是女人自己，圓形輻射狀的圖像接近星辰，代表女人對宇宙天體及生命的冥冥感知。

在《詩經》中，那些植物與女人多麼親近且富於生命！那是一個男子狩獵女子採集野菜野桑野花的時代，而那些植物根植於大地，並非離根離土的瓶中花。當男人將女人形容為花朵時，常是無生命的意象。

因此才有振保將女人分為兩種，一為紅玫瑰，一為白玫瑰，諷刺的是，我們在小說中一點也聞不到女性花朵的芳香，只聞到女人枯死的腐臭，在美麗的標記之下，不正蘊藏恐怖的死亡嗎？女性作家顛覆女性神話的書寫策略，有時以改寫名言或典故為主，如蘇青將「飲食男女人之大欲存焉」重新標點，改寫為「飲食男，女人之大欲存焉」；張愛玲改寫「節烈」為「振保的生命裡有兩個女人，他說一個是他的白玫瑰，一個是他的紅玫瑰，一個是聖潔的妻，一個是熱烈的情婦——普通人向來是這樣把節烈兩個字分開來講的。」

張愛玲另一書寫策略是倒寫傳奇結構。傳奇的敘事特徵是曲折離奇，戲劇性的故事情節，它的特質與西方的羅曼史相近，強調二元對立的衝突性（善／惡，男人／女人，聖女／妓女，光明／黑暗，美／醜），以及充滿疑問語碼（欲知後事如何請聽下回分解），因為太強調善惡分明，男女性別，常使人性的描寫不夠深刻，或流入機械性重複性的「懸疑」當中。

從女性主義的角度來看，言情小說的缺陷不在「愛情」，而在刻意強化男尊女卑的不平等關係。

然而張愛玲的愛情傳奇，在表面上承襲鴛鴦蝴蝶派小說的架構，骨子裡卻包含著多樣的改寫策略，而出現「羅曼史」、「反高嘲」、「反二元對立」的反叛精神。

如〈傾城之戀〉，表面上具有言情故事的架構，我們卻看不到愛情的描寫，只看到男女之間的挑逗、謀略及計策，這種「無愛」的愛情故事尚有〈留情〉、〈等〉、〈茉莉香片〉、〈沉香屑——第一爐香〉、〈沉香屑——第二爐香〉，這些以「傳奇」為名的愛情故事，十分諷刺地並不存在浪漫的愛情因子。

「反高潮」亦是張愛玲喜歡採用的小說手法，這種低調壓抑的手法大大降低情節的戲劇性，卻增添了真實性。在〈小艾〉中，前半篇極力描寫小艾被虐待的痛苦遭遇，後半篇卻沒依循著通俗小說「苦盡甘來」、「惡有惡報善有善報」的邏輯發展。甫得婚姻幸福的小艾馬上面臨病痛、貧困與丈夫分離的痛苦，虐待過她的五老爺、五太太、憶妃老九雖也沒什麼好下場，但小艾的一生就像她的破棉被一樣黯淡不堪，最後也終要面對自己的早逝。

而在《半生緣》中因誤會分離的愛侶世鈞與曼楨，相隔十四年再相逢，相對無語，作者沒有寫他們的激動與復合，只寫斜陽，寫歲月的無情，使讀者在心理上閃現空白，失落之感油然而生。張愛玲小說技巧如此複雜，寫小說的人如何模仿學習呢？

延伸閱讀：

一、〈封鎖〉之單一效果與效果集中。

二、〈金鎖記〉與《怨女》之比較。

作業：

一、試寫短篇小說，注重單一效果與效果集中，戲劇性衝突。

二、人物素描練習。

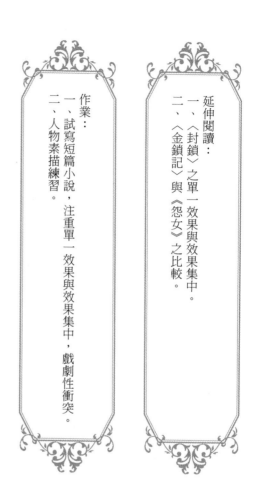

第五課

恍如初戀

二十六歲，情感的翻覆如同一場戰爭，而她經過的是兩場，兩場都足以讓她滅頂。

一九四六年，桑弧邀請張愛玲進入文華影業公司做編劇，並精心為張愛玲策劃了一場「文華公司遊園會」，場面很盛大，兩人合作之後的電影叫好又叫座，他們談起戀愛，他應該在意她的過去：

當然她知道他是問她與之雍之間的關係。他雖然聽見說，跟她熟了以後，看看又不像。他擁著她坐著，喃喃的說：「你像隻貓。這隻貓很大。」又道：「你的臉很有味道。」又笑道：「噯，你到底是好人壞人哪？」

自書「沒有人像我這樣喜歡你」的《小團圓》是為對抗胡有意寫她的傳，因此寫出這件情事，是否為了讓他斷念（在一九四六年分手之前，我已有了別人），時間前後是重點。分手前的尋胡之旅很是關鍵：

她出發時間估算約在一九四五年十二月至一九四六年一月間，也就是想去找他，和他一起過年。

張《異鄉記》寫及這一段旅程，第六章中有：「臘月二十七，他們家第二次殺豬。」前文還有寫轎夫買了燈籠準備給小孩子過年玩的細節，並提及「快過年了」，推算時間張愛玲是在一九四六年一月二十九日（農曆臘月二十七）之前就到了諸暨。

對照《今生今世》寫張愛玲是一九四六年二月同斯君夫婦到達溫州的，二十天後乘船返回上海。張愛玲《小團圓》（第八章）印證了此事：「郁先生年底回家，帶她一同走，過了年送她到那小城去。」可知是過年前帶她從上海出發的。兩者的時間小有出入，大抵在舊曆年前抵達溫州，在那裡過年，元宵後兩人才見面，停留約二十天，整個行程約一個多月。返回時間：一九四六年三月九日左右，這一個多月她做了從未有的冒險，千山萬水風塵僕僕地到鄉下，以前鄉下只存在阿嬤丫頭的口中，現在她搭乘各種交通工具，住在各種簡陋的旅店，她不但不覺得苦，還靈思泉湧，一路筆記，這也養成她什麼樣的環境都能寫的本事。她自覺文筆比以前更好。這些都成為她寫小說的養分。

《異鄉記》中有三次直接提及：一、「明天就是元宵節」（第十二章）；二、「阿玉哥！

今天是元宵節呢！」（第十三章）；三、「今天是元宵節」（第十三章）。此外還有寫元宵節前夜的舞獅表演（第十二章）、元宵節當晚「家家門上都掛著一盞燈，多數是龍燈」（第十三章）等詳實的細節。

《今生今世》也寫到了「元宵」——「是時正值舊曆正月十五前後，店家門上插香」（〈天涯道路．鵲橋相會〉）。估算張愛玲到溫州時已是「正月十五」之後了。

那麼，張愛玲是在麗水過元宵的，《異鄉記》（第十三章）：「走上半山裡的一帶堤岸，下面是冷豔的翠藍的溪水」，「這是一條宛若游龍的河流。叫『麗水』」，「在那奇麗的山水之間走了一整天」，也就是這一路從上海到麗水走了半個多月。

張原想去跟胡過年的，但斯很晚出發，大過年不好催，抵達斯家已快過年，就住到元宵後才去找胡。從麗水到溫州要搭船兩天，在《今生今世》（〈天涯道路．十八相送〉）寫胡蘭成到達麗水後，「船上過得兩夜，到上溫州」；又寫張愛玲對他說：「我從諸暨麗水來，路上想著這裡是你走過的。及在船上望得見溫州城了，想你就住著那裡，這溫州城就像含有寶珠在放光。」如此，張愛玲想必也是從麗水乘了兩夜船，大約二月十九日左右到達溫州與胡蘭成相見的，盼著與他過年落了空，談判未果。三月九日左右，張愛玲到溫州的二十天後，張愛玲乘船離開溫州，在雨中「佇立涕泣久之」。

從年前到年後，從上海到溫州，曲曲折折，磕磕碰碰，交通不便，走走停停，花了近兩個月，只換得一場幻滅，但她發現自己的文字變好，這許多好文字都成為日後作品的底色。以前她喜歡聽市聲，市聲裡有人聲，可以供她無限想像，現在她在鄉下發現庶民生活的細密質地，戲曲中有更精緻的人生。她原是北人，現在她更像南人，千里會情郎。

她原籍北方，人長得高而瘦，相貌像父系這邊，弟弟像母親，在上海出生，卻在天津長大，講一口南京話帶蘇北腔，我們無法想像她滿口鄉音的樣子。因為祖父母在南京住得最長，他的奶娘張干也講一口蘇北話，自然講的不是北京話也不是上海話。父系是北人，祖母與母親都是湖南人，在她身上交揉著南人與北人的血統，可以說是「南北和」，這在她香港寫的「南北」系列電影中，充分發揮了這些特色。

她在天津生活六年，從兩歲到八歲，那六年中，母親出國，她跟奶娘較親，她會對她亂發脾氣，張干很是護衛她，她卻說：「那是她的事業。」總之，活在沒有愛的家庭裡，對感情充滿懷疑。

離開大陸前在上海停留最久，她需要大城市做舞台才能成名，也喜歡城市生活，時尚與櫥窗，電車與市聲，還有出版活躍作家群集，這裡有她的一舉成名、青春婚戀與尚稱優渥的生活，她當然愛上海。

不相信家人的情感，倒十分依賴朋友，朋友越是精采，她的想像越豐沛，根本她是靠想像生活，不需跟人太多接觸，只需有個他在那裡可以供她想像，一般的社交是完全不需要的。

她曾為胡到過南京，那也是祖父母的舊居，令她把隔代愛情聯想一起，因此覺得是種神祕的傳承，格外香豔，這又說明為什麼《十八春》的愛情場景發生在上海與南京兩座城市中，因為那時她的人與心魂都在這兩座城市。

胡的背叛讓她的愛自然死亡，在死亡之前的溫州行，她一邊走一邊記錄，認為此行此文對她最是關鍵，一走出城市進入邊城，她的寫作靈感不斷，對她來說鄉下更像異域，處處是驚奇，一路做筆記寫成〈異鄉記〉，後來都流入《秧歌》、《小團圓》、〈華麗緣〉等作品中，把南方當異鄉，視台灣為邊城，這是都會人的有色眼光了，鄉下只能是金色沙漠：

坐在洋台上望下去，天井裡在那裡磨珍珠米粉。做短工的女人隱身在黑影裡，有時候把一隻手伸到陽光裡來，將磨上的一層珍珠米抹抹平，金黃色泛白的一顆顆，緩緩成了黃沙瀉下來。真是沙漠。

文字是真好，局部放大特寫，意象鮮明，還無盡放大，蒙太奇。

溫州探情郎，於張是格外的浪漫驚險，對於愛情則是覺悟之旅幻滅之旅，之後，她寄一筆錢給胡，要他不要再找她。這決定是痛絕，「那痛苦像火車一樣轟隆轟隆一天到晚開著，日夜之間沒有一點空隙，一醒來它就在枕邊，是只手錶，走了一夜。」

二十六歲這年，上半年她被胡傷透心，下半年認識桑弧，決定快刀斬亂麻。

一九四六年八月的張愛玲遇見了又一個對手，兩人合作與感情關係可能集中在這兩年。張愛玲與桑弧等人結識之後，除了寫電影劇本，又開始發表小說了，她為《大家》創刊號創作了〈華麗緣〉，又把《不了情》的劇本改成了中篇小說〈多少恨〉，桑弧和友人龔之方等人還幫助張愛玲策劃出版了《傳奇》的增訂版。

愛玲搬離愛林登公寓的具體時間為一九四七年九月十日。而桑弧是在一九四六年八月經柯靈介紹才和張愛玲相識的，他們認識在她從溫州回來最痛苦的時候，她瘦了，頭髮大把大把掉，二十六歲的她，覺得桑弧年輕好看，她是喜歡他的，甚至之後胡來看她，身體不讓他碰，之後寫了分手信，是否已將愛轉移至桑弧，他們的感情為何沒有結果，是跟桑弧對「漢奸妻」有顧忌，還是張的子宮頸事件讓他退卻？才情、年齡相配，身分不相配？

桑弧結婚沒告訴她，這大概也打擊了她，但她無怨無悔，「燕山的事她從來沒懊悔過，因為那時幸虧有他。」如果沒有他，她可能下不了決心斷了胡蘭成，也度不過分手的痛苦。

桑弧死後，在他的遺物中發現一組桑弧為張愛玲拍的照片，而且都是獨照，張的獨照大都為宣傳用，因此很挑攝影師，而這組照片看來是桑弧的私藏。可見這個人感情藏得很深。

柯靈在〈遙寄張愛玲〉一文中，說當時的張愛玲「內外交困的精神綜合症，感情上的悲劇，創作的繁榮陡地萎縮，大片的空白忽然出現，就像放電影斷了片」。因電影的合作，桑弧經常和龔之方等人去張愛玲家聊天，談事情，這時剛與胡蘭成離婚後的張愛玲，心情較為開朗，對朋友很熱情，她喜歡與人聊天，如果人多，她也特別愛聽人家高談闊論，聽到好聽的故事還會哈哈大笑。

文華公司的老闆吳性栽，以代理德國染料和百貨業致富，為人豪爽愛熱鬧，常常大宴賓客。有一次為了慶祝《不了情》和《太太萬歲》拍攝成功，吳性栽邀了桑弧等人到無錫太湖乘船遊湖，吃「船菜」，也邀了張愛玲，她居然去了。她和大家一起聊天吃菜，後來提起那次遊湖，直說「印象深刻，別致得很」。

當時一班做電影的朋友看桑弧與張愛玲彼此有意，曾想撮合這一對。據龔之方當時公開的說法：他親自上門去替桑弧提親，而張愛玲的反應是略感詫異。龔之方回憶：她的回答並不是語言，只是對我搖頭、再搖頭和三搖頭，意思是叫我不要說下去了。不可能的。

這可能是一九五一年之後的事，他們的感情基本上談完了：

> 在《小團圓》中寫著九莉表達了對燕山的情感是「沒有人像我這樣喜歡你」，「她覺得她是找補了初戀，從前錯過了的一個男孩子。他比她略大幾歲，但是看上去比她年輕。」

除了至親，沒有人知道桑弧的存在，連胡蘭成也不知道。有次胡蘭成經過上海時來看她，走之後她對桑弧（燕山）說：「這次和以前不同了，連手都沒握過。」

一根汗毛都不能讓他碰。她突然說，聲音很大。

她為什麼對桑弧特別呢？胡對她一直是索取，她也盡量包容，把她逼到極限，但他做過了頭都不自知，她這邊自然要煞車，她對他有恩，最後過河拆橋；但桑弧對她只有付出，在她受圍攻的時候。讓她轉換跑道寫電影劇本因而開出新局，又鼓勵她用筆名寫小說，一樣受到歡迎。他對她有恩，也許沒有娶她的勇氣，但她不怪他。

她一面忍著笑，也覺得感動，「雨聲潺潺，像住在溪邊，寧願天天下雨，以為你是因為下雨不來。」

她在胡面前，兩人年紀相差十五歲，在他面前永遠年輕，她有的是青春；在桑弧面前，覺著怕老怕不夠漂亮，也是在這時她更在意服裝打扮，看《太太萬歲》中那些鮮亮的服飾，有多少張的手筆？

「在他面前，她自慚形穢，一塊去看電影，出來時，她感到他的臉色變得難看了，她照照粉盒裡的鏡子，發現是自己臉上出了油。——那粉盒，也是認識他之後才有的，她為他試著學習化妝。」於是我們在桑弧為張拍的照片，看到豔妝的她，跟剛出道時還有些學生氣相比，她成熟了一些，不再穿老袍子改造的衣服，用的是進口面料，白底有著大朵大朵花，照片中的她，可能是特寫，看來較以前豐美，總之存在著情人視角。

有人在檔案館查到張愛玲搬離愛林登公寓的具體時間：一九四七年九月十日。而桑弧是在一九四六年八月經柯靈介紹才和張愛玲相識的，這幾張照片顯然拍攝於夏季，一九四六年夏，桑弧和張愛玲的關係似乎還不至於如此親密，那麼，它們就應該拍攝於一九四七年的七、八月間了，也即《太太萬歲》的寫作和拍攝期間。

那正是他們的熱戀期，一直到停經。

盛九莉停經兩個月，燕山強笑低聲道：「那也沒有什麼，就宣布……」然而九莉卻往前看著，似乎是想要看透未來，卻是不能，於是只覺得前途一片灰暗，流淚道：「我覺得我們這樣開頭太悽慘了。」敏感如張愛玲，不是看不出桑弧的不夠愛，兩個不愛的人結婚，著實悽慘。後來驗出來沒有懷孕，盛九莉自認為在燕山沒有表情的臉上，看到了他幸免的喜悅。清醒如張愛玲，也同樣可以看出桑弧的如釋重負。後來檢查出是子宮頸折斷了，她又很懊惱讓他知曉了這些，顯得她如何不堪似的。她早知道他們是沒有未來的，只是沒想到他結束得這麼快。

陳子善曾採訪過魏紹昌老先生，聽魏老先生講桑弧十歲的時候父母雙亡，一直由大哥照顧撫養，對大哥非常尊敬，而他與張愛玲的婚事遭到了大哥和家裡人的反對，他的家裡人認為張愛玲靠寫作為生，沒有正當工作，當時在社會上並不被看好，同時也許知道了張愛玲與胡蘭成的那段婚姻。後來桑弧一九五一年結婚，他的妻子並不是圈內人，但是一位職業女性。張已經三十一歲了，她不能沒有其他打算。

她在他面前流淚。燕山說，妳這樣流淚我實在難受。她哭著說：「沒有人會像我這樣喜歡你的。」他說：「我知道。」他只說他知道，他知道她喜歡他，他也知道他喜歡她，只不過桑弧沒有跟她在一起的執念，《小團圓》裡寫盡了燕山的猜忌和試探，他一遍遍問著九莉：「你到底是好人還是壞人？」終究桑弧是介意張愛玲的身分的。

九莉笑問：預備什麼時候結婚？燕山笑了起來：已經結了婚了。立刻像是有條河隔在他們中間湯湯流著。他臉色也有點變了。他也聽見了那河水聲。她笑問，裝作渾不在意，他笑著回答，裝作真的以為她不在意。

姑姑甚至還很不滿地為桑弧抱不平說：「我就是氣不過，為什麼要鬼鬼祟祟。」寫到：她愛他那樣多，以至於她從來不敢輕易和他提任何要求。

一九四六至一九五一是她與桑弧交往的時期，之後桑弧結婚，兩人還保持朋友關係，一九五〇年三月二十四日《十八春》在《亦報》連載的前一天，桑弧就以「叔紅」的筆名發表〈推薦梁京的小說〉，他傾情禮讚：「我讀梁京新近所寫的《十八春》，彷彿覺得他是在變了。我覺得他的文章比從前來得疏朗，也來得醇厚，但在基本上仍保持原有的明豔的色調。同時，在思想感情上，他也顯出比從前沉著而安穩，這是他的可喜的進步。」

這時期的她，化濃妝，穿鮮豔時髦的衣服，可說是她最美的黃金時光，這一前一後的兩個男人，一個填補充滿暗影父性的愛，不能見光的；一個是明亮的青春之愛，母親姑姑都可以見的人，經過這樣的愛，她覺得足夠了，雖沒結果，也沒有遺憾。

《十八春》男主角，大家族中的長子，長得好看敦厚，看來不接近胡，而接近桑弧。原本清純的曼楨被猥瑣的熟男強暴，而錯過了世鈞，歷盡滄桑的她已回不去了，這裡是否更接近張當時的心情。

一九五〇年，桑弧拍了《太平春》，陳子善找到資料，張愛玲在《亦報》上給《太平春》寫了影評，題目叫〈年畫風格的太平春〉，在筆尖，她對他是真心欣賞：

> 我去看《太平春》，觀眾是幾乎一句一彩。老太太們不時地嘴裡「嘖嘖嘖」地說「可憐可憐」。花轎中途掉包，轎門一開，新娘驚喜交集，和她的愛人四目直視，有些女性

觀眾就忍不住輕聲催促：「還不快點！」他們逃到小船上，又有個女人喃喃說：「快點划！快點划！」

坐在我前面的一個人，大概他平常罵罵咧咧慣了的，看到快心之處，狂笑著連呼「操那娘」！老裁縫最後經過一番內心衝突，把反動派託他保管的財產交了出來，我又聽見一個人說：「搞通了！搞通了！」

不過，這篇影評發表的第二天，電影就遭到了嚴厲的批評，陳子善感慨道：「批判是針對電影的，但也牽扯到了張愛玲。我想說的是，你看胡蘭成，他自己都在文章裡說了，張愛玲喜歡什麼他不懂，只管向張愛玲學；而到了桑弧這裡，兩人能理解各自的趣味，視野也一致，張愛玲看了桑弧的電影後能馬上寫文章去肯定。後來解放了，張愛玲要去海外，但桑弧走不了。上天沒有進一步安排兩個人走到一起的機會。」

一九四八年，在《不了情》、《太太萬歲》大獲成功後，桑弧與張愛玲商量，擬將張愛玲的名作〈金鎖記〉改編拍成電影，但結果流產，該年一月出版的一份電影雜誌曾披露消息：

桑弧在《太太萬歲》後，又將與張愛玲三度合作，將張愛玲成名作〈金鎖記〉搬上銀幕，

〈金鎖記〉的主角曹七巧，演員一時相當難找，恰巧張瑞芳在上海，她在《松花江上》中的演技博得圈內人好評，於是經人介紹，一拍即合，《金鎖記》的女主角決定由張瑞芳擔任了。

然而根據張瑞芳自述，雖然文華來約過她，但她當時「還沒有徹底治癒的肺結核，竟又轉成為結核性腹膜炎」，被迫臥床治療，因而只能辭演。其實《金鎖記》的夭折不僅僅是因為張瑞芳生病或一時找不到演員，動盪的時局與社會環境才是最要緊的原因。當時，張愛玲已為桑弧寫好了劇本，後來劇本也下落不明了。這大約是一九四九的事，中共建國，風向轉變，像這樣「封建」的題材可能過不了關，如果是這樣，對她是重大打擊，連電影這條路也走不下去。

一九四六到四九還發生一件大事，母親回來了，她看來很憔悴，明顯變老，愛人死於新加坡戰爭，她這次回來是要帶走她所有的古董，並打算不再回來。在張這邊，她跟桑弧往來，母親也聽到一些其他的風聲，遂有闖進浴室欲檢查她的身體的舉動，她現在能掙錢了，首先要還母親錢，雖沒說了斷，但也差不多意思，母親傷心離去，幾年間她一一了斷情緣親緣，為什麼這麼絕呢？她淚已流乾，這世界不能再有傷害她讓她痛苦的人。

一九五〇年，張愛玲用「梁京」這個名字創作，寫了《十八春》。關於張愛玲為何用「梁京」作為筆名，作為「張愛玲文學遺產執行人」的宋以朗先生，給出了這樣一個答案：「梁京」這個筆名是電影導演桑弧給她取的，當時桑弧取這個筆名後，她並沒有深問桑弧的用意，但張愛玲相信：梁京就是「梁朝京城」的意思，用的是「夕陽殘照，漢家陵闕」的詩句。

「梁京」用「玲」的聲母切「張」的韻母為「梁」，再用「張」的聲母（古音）切「玲」的韻母為「京」，「梁京」的文章出現後，在《十八春》發表的前一天，桑弧也仿照了這種「反切」化了個「叔紅」的名字，在《亦報》上做各種暗示：「一向喜歡梁京的小說和散文，但最近幾年卻沒有看見他寫的東西」，又說：「梁京不但具有卓越的才華，他的寫作態度的一絲不苟也是不可多得的。」以前人們從未見過梁京這個名字，原來竟是寫小說散文的高手，這肯定是個筆名，但這到底是誰呢？一時讓人們好奇，很想知道這位小說寫得這麼好的人到底是誰。這時《亦報》的文人們不失時機地出來賣關子，化名「傳奇」的寫了一篇〈梁京何人〉，文中說他和他的「內人」猜來猜去，「覺得《十八春》這個題目有點怪，只有兩個小說家想得出，一個是徐訏，一個是張愛玲。」明顯的一切操作都有桑弧的影子。

桑弧與張都愛取名，名字中多有玄機，喜歡看戲的他曾以「醉芳」為筆名寫戲評，《十八春》書中的男主角分別是世鈞、叔惠、豫瑾，「叔紅」的個性可說是這三男角的綜合體，世鈞溫厚，叔惠漂亮，豫瑾愛國。

一九五一年，桑弧結婚，友情還在，可見離開上海不一定是因他，而有另外的原因。

•

一九五〇年七月，《十八春》正在報紙上連載的時候，張愛玲接到邀請她出席上海市一屆文學藝術界代表大會的請帖，她有點不知所措，是誰出面邀請自己呢？

她不知道，邀請她的正是上海文藝界的領導人夏衍。他力排眾議，邀請她來出席會議。張愛玲首次參加了共產黨組織的大會。大會在上海一家大電影院舉行，她穿著素色旗袍，旗袍外面罩一件網眼的白絨線襯衫，特意穿得很樸素。

桑弧結婚，可能是她決心離開的原因之一，另一個可能是政治的考量，母親往國外去，不會再回來，母女之間的聯繫斷了，她對西方仍有嚮往，在港大仍有學籍，遂以復學的名義申請赴港，走之前她還去了蘇北，親往文革現場考察。文代會後，夏衍讓她隨上海文藝代表團下鄉，到蘇北農村參加土地改革工作兩個多月，她也想做些改變便參加了，在蘇北看到的一切讓她有了警覺。

政治風向變了，從鄉下土改回來後她想找一份工作，一直沒有著落，沒有單位敢接受她。在郊區中學教書的弟弟知道她這時候不能寫作又沒有工作，心情很壞，便勸說她到學校教書，但她搖頭，說：「絕對不去教書。」她知道學校裡思想改造的政治運動更緊，以後或許更危險。這時〈小艾〉剛刊出，夏衍正想找她，她是錯過了，還是怕被找著？她有跟桑弧說嗎？或者也是跟姑姑一樣，約好不再聯繫？故而從不提彼此。

之後她搬了住處，出席大會，以梁京為筆名，寫了中篇〈小艾〉和《十八春》。一般看重後者，這故事大約是別人的，後面大夥到東北為祖國建設，明顯地往政治正確方向走；前者更有她自己的影子，五太太有老房子太太的影子，這理又出現憶妃老九，大爺是三妻四妾的威權男子，小艾是否是小周與自己的混合體？他強暴了她，讓她日後生病而亡，所謂的新中國，窮人翻身，她卻來不及了！

她三十二歲了，自覺到了中年，應該做另一個冒險，經過幾次死去活來的冒險，她發現歷險遭災之後，自己打開了一扇門，也許她一生註定就要險中求勝。

第六課

論《秧歌》

《秧歌》在張愛玲的作品中占著奇特又重要的位置。她算是較早經歷過中共建國初期、出逃後描寫大陸生活的作家，時代紀念碑那樣的作品原非她擅長，卻在天時地利人和下寫出，一九五二她逃出大陸，出發前去一趟蘇北，幾年之間跟桑弧相處，合作的劇作，與桑弧的劇作，時代的轉變，她的關懷更往底層人民，一九四六年到溫州探胡蘭成，在鄉下一個多月，打開她的新想像，一路走一路寫，她為自己新又好的文字感到欣喜，她正處在創作最佳的狀態，這是天時，她一旦親眼看過就能寫；再者，她到香港，身在自由世界，為新聞處做翻譯給她提供書寫大陸的條件，這是地利；新聞處長麥卡那支持她，又有宋淇夫婦的無私友情，讓她得以完成這部重要的作品。

逃出中國描寫中國，張比陳若曦早，跟中歐混血外交官夫人韓素音又不同，她的作品有描寫異國戀的《瑰寶》與自傳小說，一九五五年《瑰寶》由好萊塢改拍為《生死戀》，不僅賣座，還得到三項奧斯卡獎，可說非常風光，張卻評其為「二流作家」。張描寫的都是來自她的親身觀察，捕捉的是時代氣息，早在傳奇時代，她就能寫活僕傭如〈桂花蒸　阿小悲秋〉中的阿小，五〇年代的〈小艾〉寫活一生受壓迫侵害的丫頭、印刷廠工人；《十八春》中的地下黨員豫瑾，後來成為新中國的幹部，這時期的小說已走向平淡自然，生活質地的描寫，要到《秧歌》才集大成。

之前她曾說過不嘗試「時代紀念碑」的作品，主要是她不寫她不熟悉的題材，在她經歷一九四九到一九五二年中共建國初期「改朝換代」的奇特氣氛，以及農村生活考察，她在〈跋〉中說明題材的來源：一篇《人民日報》中刊登的自我檢討，寫作者在華北某地工作，正值春荒，農民為飢餓所迫，聚眾搶劫糧倉，當地的負責幹部率領民兵開槍鎮壓，屠殺了許多農民，這老幹部也受了傷，當時情緒低落，思想發生動搖，竟頹喪地向作者說：「我們失敗了！」除此，她又根據聽來的「鄉下沒東西吃了」，和《解放日報》的一則報導，說天津設立飢民救濟站，救濟四郊飢民。

顯然作者非常在意題材的真實性，但在寫作方法上她又得到另一個靈感，來自一個中共影片《遙遠的鄉村》：「內容我卻記得非常清楚，因為覺得滑稽，劇中放火燒倉那一節，當時看了就有一個感想，如果不是完全虛構，那一定是農民的報復行為，被歪曲的。」

因此，《秧歌》的創作手續相當複雜，一方面她藉一個自上海幫傭回鄉的月香，親眼目睹鄉下處在飢餓的狀態下；一方面藉一個劇作家顧岡的觀點詮釋放火燒倉，並構設了一個建造水壩的故事：國民黨派來的特務與村裡一個心懷不滿的老地主聯絡上了，讓他去炸水壩。帶著他那美麗的姨太太，第一個任務沒成功，被發現了，幸而溜得快，沒有被人發現；第二個任務是放火燒燬糧倉，這一次他被當場捉住了，他那姨太太捧著小包袱也被逮住。結尾只有一兩袋米剛剛開始冒煙，守兵就發現了。這場火不能燒太大，否則會顯得民兵太低能。

顧岡對這個劇本很滿意，因為一切安排得非常乾淨而緊湊。但他始終遺憾結尾不能有一場偉大的火景。所以當他自己身歷火場時心裡是多麼振奮：

> 顧岡站在旁邊看著，那皇皇的鑼聲與那滔天的火焰使他感到一種原始性的狂喜。「這不正是我所尋找的麼？」他興奮地想。「一個強壯的驚心動魄的景象，作為我那張影片的高潮。只要把這故事搬回去幾年，就沒有問題了，追敘從前在反動政府的統治下，農民怎麼被飢餓所逼迫，暴動起來，搶糧燒倉。」

顧岡不斷在更動自己的劇本，顯示文本的流動性與虛構性。而作者的反諷集中在顧岡上，他盲目地追求戲劇性高潮，呼應中共的文藝八股，多少也是自況這篇小說「既真實又虛構」的奇異組合，作者的政治立場既曖昧又閃爍。

當然，《秧歌》的成就不是在政治層面，而是在藝術層面。許多細節處理微妙而傳神，越是熱鬧的場合，越是殺風景，如殺豬的過程，寫得十分仔細、冷酷：

> 金有嫂挑了兩桶滾水來，倒在一口大水桶裡。她們讓那豬坐了進去，把牠的頭極力捺到水裡去。那顆頭再度出現的時候，毛髮蓬鬆，像個洗澡的小孩子。譚老大拿出一支耳挖來，替牠挖耳朵，這想必是牠平生第一次經驗。然後他用一個兩頭向裡捲的大剃刀，在牠身上刮著，一大團一大團地刮下毛來。毛剃光了，他把一支小籤子戳到蹄子裡面去剔指甲，一剔就是一個。那雪白的腿腕，紅紅的攢聚的腳心，就像從前女人的小腳……這時候牠臉朝下，身上雪白滾壯的，只剩下頭頂心與腦後的一撮黑毛，看上去真有點像個人。剃完了頭，譚老大與譚大娘把那屍身扳了過來，去了毛的豬臉在人前出現，竟是笑嘻嘻的，兩隻小眼睛彎彎的，瞇成一線，極度快樂似的。

作者用了約兩千字描寫殺豬的細節，鏡頭是靜止而放大的，造成一種冷冷的觀照效果，她極力將豬與人的形象疊合，讓人感到殺豬的程序等於殺人的程序，這種冷筆與反筆交加，是本書常用的方法。

冷筆寫深情，反筆求諷刺，曲筆傳旨意，是《秧歌》最成功的藝術手法。它排除傳奇化的情節，寫情寫景都能達到「婉而諷」的境界，這也是「平淡近自然」的最好解釋吧！

《秧歌》的好被說得很多，如要補充，第一是張自己說的「好的小說跟詩一樣好」，她的意象處理、氣氛營造、情緒的捕捉、文字的精準，細節鋪敘都達到「詩」的效果，好的作品像夢一般，有人說的鬼氣，不如說是非理性的夢境，個性模樣脫胎自小艾與阿小綜合體，跟脫胎自小艾丈夫的金根，小夫妻感情濃密而彆扭，月香初回鄉時，兩人之間的體貼溫存，相對如夢寐，可金根執意要煮乾飯慶祝，在月香反對下成半乾半溼飯，藏也藏不了，被王同志瞧見了，變成一場噩夢。

之後的事一件比一件更像噩夢，送軍糧時，月香拿出藏得很好的錢，藏豬殺豬一節荒誕滑稽，是最大的諷刺，扭秧歌原是慶豐年的農民廣場舞，卻是餓鬼大亂鬥。

每個人都在飢餓中，在口腔極度匱乏之下，人做出的反應是違常且神經緊繃的，且往反人性、非人的方向走，顧岡偷吃餅乾被發現的窘困幾乎要讓他發怒，而宰豬的人暗吞口水與眼淚，豬卻詭異地笑，世界因此扭曲變形，因此它不能說是寫實或自然主義，而是往反寫實的方向走。

第二，新意，正在寫劇本收集材料，以及毫無同情心的顧岡，代表著作者方，自我指涉的意味濃，他要寫的壯烈史詩是另一版本的《秧歌》，而情節正往他希望的方向走去，悲劇必須有大場景，所以他需要水壩，更需要許多人死亡，他們都為時代、民族犧牲，如此飢餓下的錯亂與無心無肺，更令人不寒而慄。

這裡有張愛玲式的人情世故，也有張愛玲式的視角，跟之前之後的作品都不同，這時期她除寫活一般平民，也寫活一些青年幹部，連《赤地之戀》的戈珊都寫得很鮮活，這時的她躊躇滿志，壯態昂揚，覺得沒有什麼寫不了，除了她沒看見的。

用政治或反共來看這小說太限縮了，「飢餓」是全人類的議題，「反人性」與「後人類」更是當代的處境，抽除了人性，人什麼也不是。

張以《秧歌》突破自己，達到她後來也難追的高峰，但僅此一部，也就成其為張愛玲。

延伸閱讀：

一、與《赤地之戀》相比，何謂政治與反共小說？

二、〈異鄉記〉是張愛玲得意的文字，可對照比對。

作業：

一、試寫以勞動者（勞工、外勞……）為題材的小說。

二、諷刺技巧的運用與討論，來段相聲也可。

第七課

唯一的知己

如果說三十二歲之前，跟她關係最密切的是父親、母親、姑姑、胡蘭成、炎櫻、桑弧；之後是宋淇、鄺文美及賴雅。夏志清、莊信正多是書信往來，幾乎沒有實際生活的接觸，對出路與工作的幫助意義甚大。

一九五二年她以復學名義逃向香港，初期住在女青年會，生活無著，九月註冊入學，同時看到美新處要聘海明威《老人與海》的中文翻譯，於是前去應徵，這時她正缺錢，正等著港大答應給她的一千元獎學金，因一直沒下文。這時炎櫻在日本來信，說會替她在當地謀職，於是張在十一月學期未結束，便匆匆赴日，直到一九五三年二月才回港。這時是學期中，獎學金也飛了。宋CP已離開美新處，這時她接了大量翻譯工作，前後為美國新聞處翻譯海明威《老人與海》、馬喬麗·勞林斯《小鹿》、馬克·范·道倫編輯的《愛默森選集》、華盛頓·歐文的《無頭騎士》等。同時，鄺文美也在美新處做翻譯。張從早到晚工作十幾小時，寫作速度打破紀錄，自己都覺得自己像工作機器，她跟宋 CP 認識後，自覺像工作狂害怕讓人看見，「長期獨自關在一個房裡埋頭工作，使我覺得 not myself，所以不願讓你看見」。大約也是從此她養成每天寫作，且長達八小時以上的習慣，速度也變快。在這之前，她九年間（一九四三至一九五二），計散文集〈流言〉一本，短篇《傳奇》、中篇〈小艾〉、〈連環套〉、長篇《十八春》、電影劇本《太太萬歲》、《不了情》、《金鎖記》，量雖不少，但跟香港時期比，還算小巫。

她從大陸逃到香港就是個大轉折，因緣際會，也是志業使然，翻譯與英文寫作原就是她的計畫，此時認識的宋淇、鄺文美夫婦，後來成為工作夥伴與知交，他們意氣相投，相互敬愛，且情誼至死未休，她將她的文學遺產贈給這對知交，從而遺著不斷出版，宋氏的兒子宋以朗扮演著重要位置，讓我們知道她是如何愛重且信賴這對朋友。

他們對張來說是一段「融洽的人際關係」，沒有信仰，家庭關係變態的她，能建立「融洽的人際關係」算是至福。她的婚姻關係短暫，與胡蘭成三年，聚少離多；與桑弧雖相知相愛，最後不了了之；與賴雅情感雖算「幸福」，但在十一年的婚姻生活中，有半年在香港寫劇本，最後三年賴雅中風臥病在床，真正風平浪靜的日子只有一九五六到一九六〇這五年間，相對之下，與宋氏夫婦的情誼更長久，長達四十三年，令我們好奇他們為何能建立如此堅實的友誼？

張每個時期都會有一個「密友」，青少年時期是「炎櫻」，上海成名期是「胡蘭成」，之後就是「宋氏夫婦」，密友不一定是粉絲，但要能給予她創作靈感與啟發，有才氣是前提，炎櫻不能說是她的粉絲，但她為炎櫻寫了許多文章，在這點上「胡蘭成」算是密友兼丈夫，賴雅雖不能直接提供她靈感，但在電影劇作上可能給她許多啟發；姑姑算半個；母親比較像親密的仇人，怪不得她與胡蘭成常疊合在一起。

在香港時期之前，她的密友個性都是非道德中人，大都有一點壞或非常壞；宋氏夫婦天性淳厚，才德兼備，家庭美滿。對她來說是正常型也是理想型，他們先是她的粉絲，然後是同事，最後成為密友，有一大部分是這對夫婦情操上的感動，他們愛朋友勝於自己，對朋友的付出更讓人覺得不可思議。早在宋淇少年時代，他就為朋友孫道臨出版與寫作，他幫助過的名家才子無數，錢鍾書還說他代表「香港」。有一個宋淇已經不得了，再加上鄺文美，她代表著張對正常與理想女人的追求，那宋淇自然是正常與理想男人的想像，兩個人合成一個完整的小宇宙，這裡面是否存在著「聖杯」或「完形」？

初識宋CP那幾年是她一生中最快樂的時候，她一天寫幾個小時，他們輪流陪在一旁，這時我們就可看見她妙語如珠靈感噴發的時刻，她在那段時間英譯許多文學作品，也讀了一些文學雜誌上的文章，她認為對她的文筆有補充的作用，這時她的英文書寫最為靈動圓熟，《秧歌》可說是她英文作品的一個高點，連被計劃的《赤地之戀》有些細節與場景也十分驚人。

她自己也說：「月香、金花、譚大都像真的！可以同李章等一口氣說。比真人還知道得清楚，KNOW WHAT TO EXPECT。」寫作時常是開心的，恨不得打電話告訴他們，但天還沒亮，為怕擾人清夢，只有按下，等開心過後，逼自己寫下一章。《秧歌》出版對她具有許多意義，第一是打入美國文壇；二是對大題材與長篇更有信心；三是逃出中國之後的自由之聲。這些作品被定位為反共小說太褊狹，它更具前瞻性與詩意，可說是史詩之作，因此她說：「本來我以為英文《秧歌》的出版，不會像當初第一次出書時那麼使我高興得可以飛上天，但是現在照樣還是快樂。我真開心有你，否則告訴誰呢？」她對自己的作品具有高度信心，並認為《金鎖記》會成為歷史性材料，是「介於《紅樓》與現代之間」的作品，這是為什麼她要把它用英文改寫成《粉淚》的原因，並開出長長的計劃寫作單：

> 我要寫書——每一本都不同——（一）《秧歌》；（二）《赤地之戀》；（三）Pink Tears；然後（四）我自己的故事，有點像韓素音的書……（五）《煙花》（改寫《野草閑花》）；（六）那段發生在西湖上的故事；（七）還有一個類似偵探小說的那段我的圓臉表姐被男人毒死的事……

那時的她躊躇滿志，完成第一第二，緊接著就是第三第四了，也就在那時她已決定寫長篇自傳小說，而且真的完成了，她一直在執行她的計畫，因此第五第六可能也是有的，只是我們看到的只是存在一小段。《野草閑花》是為鴛鴦蝴蝶派作家蘇廣成（王大蘇）在一九三四所作。一九五六年，張愛玲在美國搬家時遺失了《野草閑花》及蘇青的《歧途佳人》。她本打算改寫這兩部書，便致函要求宋淇代購，以供參考之用。

未來是充滿遠景的，而且她只要認為能成的事就是會成，那幾年可說是她一生中最快樂的時光，個性也有大轉變，她說：「我真開心！許多年來從沒有這樣開心過，天待人真好，賜給你快樂，連時機都對，在人最需要的時候，我很容易滿足。」

她的生活轉正之後，自然要發出「道德」的譴責書，第一個對象即是母親，她曾對她有過浪漫的幻想，但在還錢切割之後，算是割斷臍帶做她自己，那是一九三九年或一九四八年，但那不重要，重要的是她想用文字表達切割的痛苦，可惜困難重重。她以控訴的方式完整描述舊式家族的墮落與變態，透過小女孩與少女的眼光，一一指出他們的罪，跟年少的她發表在《大美晚報》的控訴文站在同樣的位置，不同的是多了罪責感，說出他人的罪過並代為受罪，過去的她自尊又自私，現在她有了理想對照組，加上到了異國，有一次清算的決心，但是事件太多，人物關係太複雜，每一個都很負面，連受盡千辛萬苦的琵琶也不討人同情與喜愛。琵琶如果是小艾的翻版，還不過幾年前的小說寫得如泣如訴，氣氛濃郁，溫柔婉約，然而幾年內，她的文筆變得鋒利而乾，像是青少年成長小說的「羅麗塔」暗黑版，不討人喜歡那種。

她的翻譯只為謀生，並無太大興趣，「我逼著自己譯愛默森，實在是沒辦法，即使是關於牙醫的書，我也照樣會硬著頭皮去做的。」主要是稿酬高，她不喜歡文人或編輯聚會，厭煩於作家與編輯談自己的書，跟宋CP熟之時，她正用英文寫《秧歌》，很在意這本書，又不太有保握，宋CP找出從上海帶來的牙牌籤書為她求卦，結果是：

中下　中下　中平　先否後泰。由難而易。

狂用推移力。沙舟舟自膠。
西風潮漸長。淺瀨可容篙。

解曰：
君家若怨運迍邅。一帶尤昭百快先。
失之東隅雖可惜。公平獲利倍如前。
斷曰：
雙丸跳轉乾坤裡。差錯惟爭一度先，

但得銅儀逢朔望。東西相對兩團圓。

西風指英文版，東西相望指中、英文版先後出版，後來英文版《秧歌》受到好評，書也暢銷，她覺得準，後來在重要時刻常拿出來算，一九五五年十一月二十日她寫給鄺文美的信中說：

昨天晚上我起了個課——雖然我對它的信心起了動搖，它究竟有八九成靈驗。問的是今年陰曆年內運氣可會好轉。得到「上上，上上，中下」「一帆風順即時揚，穩渡鯨川萬里航。」課上屢說退休，你看了不要吃驚。兩三年前我也起到這一課，也是流年運氣，也並未退休。它不過是說我在待人接物方面需要自知藏拙而已。這課書真是我的一個知己。

據馮晞乾的文章說張也有一本籤書，並會自己起課，她寫著：「我把這本 Coronet 當作『聖經』似的——永遠有一本這樣的書，前一陣是那本起課的書。」

張這時剛到美國，還未碰到賴雅，她一個人孤獨生活已經慣了，每天寫東西、寫信、算牙籤牌倒也自得其樂，她不與人往來，只跟一二知己通信即可，她最肯見人的時期是寫電影劇本時，尤其跟桑弧的往來，那時劇組會一起出去玩，那是她最肯見人的時刻，現在一切都一場空，這讓她徹底拒絕與文人社交，這是她早有的選擇。

一般將她的一生以美國為分水嶺，如以香港為分水嶺更清晰，她的創作分五期：第一期為一九四三至一九五二，作品有小說《傳奇》、長篇《十八春》、中篇〈小艾〉、〈創世紀〉、〈連環套〉，散文《流言》、〈異鄉記〉、電影劇本《不了情》、《太太萬歲》，字數約六十萬字，文風由華麗走向蒼涼：第二期為一九五二至一九五五，作品有長篇《秧歌》、《赤地之戀》，翻譯作品近十部，字數也超過五十萬，此期作品，自然而不平淡：第三期為一九五五至一九六七，為與賴雅生活階段，作品有小說《易經》、《怨女》、《少帥》，電影劇本約十部，字數超過五十萬，此期作品強調戲劇性與題材性；一九六七至一九七五為第四期，作品有《紅樓夢魘》、《國語本海上花》、《小團圓》、《同學少年都不賤》、《惘然記》中的短篇小說，字數約七十萬，寫作量超過前期，可說她刻苦書寫，幾無休息，此期作品因研究古典小說，平淡而不自然，蓋多夾縫文章，藏閃手法，多故意為之；第五期一九七五至一九九五她陸續出版一些雜文集：《續集》、《惘然記》、《對照記》……此時因蚤子之亂，體力漸衰，作品才驟然銳減。

可以說她的生活重心就是寫，少有間斷，且速度驚人，雖不算多產作家，也是規律苦寫者。

這種分期更能顯現她各時期的差異，香港時期可說是顛峰期也是轉變期，主要是認識宋氏夫妻，文風與性格大有轉變，華麗與蒼涼不再，歸於平淡自然。

她到美國轉換筆調，變得更尖銳，而顯刻薄，照說她受宋ＣＰ的影響，應該更為溫柔敦厚才是，然也是傲氣使然，不願過度張揚，而走向醜化一路，跟宋家相比，她家實在太變態了，她也寫出自己的變態。

她的道德標準提高了，現在她有個理想對照組，更是覺得不堪，其實她只憑聽到的寫，或大量的猜測，讓事情變得影影繪繪，也隱隱晦晦，如果她能多做些求證或客觀的研究，她的家族史的精采度不但不輸曹雪芹，只有過之而無不及。

如果她留在香港肯定寫得更好，一來是她寫作身旁有逸友更是咳珠唾玉，而宋ＣＰ更是脂硯小組，會給她許多建議，至少中文版會更好，在她眼中鄺文美是釵黛兼美，那宋淇自然是寶玉了，如果以她愛他們之深情交織著批判來寫家族故事會更驚人。

然她在美國的慘淡生活不堪說，從年輕開始她就養成天天寫的習慣，在枯燥的美東小鎮生活，沒有櫥窗與市聲，賴雅早睡早起，她常從晚上寫到天亮，日以繼夜地為生活苦戰，沒有人陪她一邊寫一邊說，她先用英文寫，寫得雖投入，但也知道是炒冷飯，冷飯本身是好的，加工的部分有些問題，連她也察覺到了。

同樣是英文小說，跟《秧歌》相比，文筆還是有差，相隔五年，難道她文筆退步了？有幾個可能，一是創作量太大，因寫電影劇本的關係，文章變淺；一是到美後英文退步，也有可能她轉了文風，刻意要跟之前不同；或者過於急於表現，而缺乏新題材……總之我們現在看到的作品有點讓人失望。

寫《易經》的時期，她年約三十七到四十三歲，正是作家的顛峰時期，她的文風卻轉入冷僻隱誨，跟張佩綸相似，一種返祖與復古的血液正在她身上湧動，之後她一連串地考證轉譯古典小說，這跟她的返祖有無關係？

胡適讚美《秧歌》平淡近自然，這也可概括她到美國之後的作品，總之因過於心切，加上母親於一九五七年過世，她大病一場，心情寫作狀況皆受影響。

張就算在死前，皮膚病困擾著她，腰板也板不直，她還是一如往常地報家常，不抱怨也不求助，她怎麼做到的。主要是她在童年時已接受生命無常，對死亡無感，她沒有宗教信仰，但她更相信不必依賴宗教信仰能開脫煩惱更為超越，這是她無情但也多情的原因，張李兩家的好基因全給了張愛玲，可說是真正的虎女。

她的幾個創作高峰期是一九四一到一九四五，先有英文散文與影評，再有中文小說與散文，在一九四三到一九四五年兩三年間，幾乎是一月有一、兩篇小說，一、兩篇散文的創作量，小說集加散文集《傳奇》、《流言》總有三、四十萬字，也就是一年寫出十幾萬字，可能那時已養成天天寫的習慣，所以才有一邊約會一邊看書或者趕稿的狀況，就算匿名或筆名時期，她也寫了一部長篇《十八春》、中篇〈小艾〉；第二個高峰期是一九五二到一九六三，產量十分驚人，至少五本中、長篇小說（《秧歌》、《赤地之戀》、《雷峰塔》、《易經》、《少帥》），而且是中英文雙寫，光中文小說就接近一百萬字，英文小說很難估算，還要加上《Pink Tears》等，三本以上翻譯著作、十幾個電影劇本，還有幾個短篇，從《賴雅日記》中看，幾乎是天天寫，除了幾次短遊才休息；第三個高峰是一九六七到一九七五年，有國語本、英譯本《海上花列傳》、《紅樓夢魘》、《怨女》、《小團圓》、《同學少年都不賤》，還有為數不少的短篇與散文。這其中的工作分量很難估算，可能是前期天天想一下《紅樓》，後期天天寫小說或散文，一直到皮膚病發作，流離於汽車旅館，丟失證件與稿子，住乾淨房子也可能是想寫東西，這時期量變少，也有可能丟失稿件。

她過著極度清簡的生活，每天以寫作為中心，連看書都不太有時間，看似慘淡的生活，內心卻十分自得，她腦海中不斷跟宋淇與鄺文美對話，除此之外，沒有人是她想見或對話的，想的都是正在寫或想寫的東西，精神生活是平靜而滿足的，對於個性偏自閉的她，這種生活更是她想要的。

只有後期，蚤子的困擾，她理短頭髮，罩著袍子照太陽燈，把皮膚都烤破皮，想必十分困擾，但在給鄺文美的信上，還是悠悠地自嘲，並做實況報告，她在美國四十年，心心念念的只有這對朋友，她覺得世上沒有人比他們更好，她稱宋淇是博雅之人；鄺文美是最理想的女子，他們的姻緣完全符合她對才子佳人的情結，是她得不到，祖父母庶幾得到，她沒看見，而在人世中恰恰被她看見了。

張愛玲可能是有靈視或第六感特別靈敏的作家，她在信中幾度描寫這種預見與心電感應的部分。

自傳書寫第一次用英文下筆，也許距離事件還太近了，說得又急又快，過於激切；一九七五年她又用中文寫了一遍，這時父母親皆已過世，她控訴他人的力道變弱，譴責自己的部分變強了，像是自我辯解與分析，寫得立體而有厚度，然宋CP為保護她持不發表意見，一向急切的她，竟然完全接納而至不發表，這太不像她以前的作風。

主要是她心轉了，生活卻沒轉正，只有越來越嚴酷，賴雅的身體不好，常常中風，這讓張陷入恐慌，加上英文寫作不順，電影劇本收入成為主要來源。一九六二年張愛玲從香港回美，兩人輪流生病入院，花了許多錢，一九六三年賴雅就再度中風癱瘓。很難想像她怎麼度過那段時間，一面要照顧賴雅，一面要寫稿子賺錢，然一九六四年十一月十一日她寫給宋CP的信，還是一貫的悠然自得，對朋友充滿思念之情：

> 我這一向心緒壞得莫名其妙，大概因為缺少安全感，雖然住到稱心的房子。今天更低氣壓，實在不應該揀這時候寫信，但也不能再耽擱下去，天天惦記著你們這一向怎樣，希望一切都好。

不久賴雅過世，隔年電懋電影公司老闆陸運濤空難死亡，公司面臨關閉，宋淇決定另謀出路，美夢徹底結束。

然支持著她的生活重心還有宋CP，此時她投入《紅樓》考證與《海上花列傳》譯註，從一九五五到一九七五，二十年間，她完成的作品量十分驚人，十幾部電影劇作，英文版《易經》、《北地胭脂》、《少帥》……英譯《海上花列傳》，國語本《海上花列傳》、《小團圓》，加上一些中短篇小說與散文，比起前期量更大，這期間她的生活還在正常範圍，之後流離於各汽車旅館，丟失稿子與證件（這也使她無法找工作與租房子），就算這麼糟的狀況，一九七六年一月二十五日的信其中一段寫給鄺文美：

真可笑，我老是在腦子裡聽見自己的聲音長篇大論告訴你這樣那樣，但是有事務才寫信，所以只寫給 Stephen，也是耗費時間的例行公事越來越多，裁了一樣又出來一樣，如右手經常有點皮膚破了不收口，不能下水，只好什麼都是左手做，奇慢。也想起你訓練右手代替左手，真有毅力，我沒聽見別人有辦得到的。我對女人有偏見，事實上如果沒遇見你，在書上一定以為是理想化的畫像。

這是什麼樣的友情？足以融化她，且歷久不衰，她們的結識可說是文學史上的奇緣，一切要再回到一九五二年。

一九五二年九月，張從上海到香港，原是以復學名義到此，然她無心讀書，到處找出路，到日本找過炎櫻，可能想過待在日本的可能，然而未果。當時宋淇任職美新處譯書部，和文化部主任麥卡錫合作整頓下，將稿費調高五、六倍，在登報徵求譯者時，應徵人很多，他看到張愛玲的名字，立刻約她面談，宋淇對她的感覺是「印象深刻，英文有英國腔，說得很慢，很得體」，麥卡錫問她還在做什麼，她回答正在撰寫和潤飾小說《秧歌》，所以寫此書的時間早於入美新處，並非策劃之作，只是意外地合拍。

她與鄺的認識稍晚於此，張說「不知道為什麼在一個她平時不會去的社交場合遇見了

Mae」，她們一見如故，兩人合譯《睡谷故事》、《李伯大夢》，成為密友。

宋淇以為可能是先有英文版本，但創作過程中應該是先有中文版本。「因為《秧歌》有些部分是從〈異鄉記〉裡抽取出來的，反正手上有大量的原始資料，還寫了一些「土改」的事情，她認為將這兩樣事情加起來放到一本書裡是可行的，便從〈異鄉記〉手稿習作本拿出些片段再從中抽取、拼湊，寫起來很容易。她不可能先寫英文再翻譯成中文的，其實張愛玲常中英文互寫，利用筆記，先寫成英文，再返回原始出處與中文也有可能。

用英文書寫，主要是想打入英文市場，跟林語堂一樣揚名海外，為取得這個入場券，讓她用心寫了《秧歌》，結果反應極好，許多大報雜誌都有佳評。一九五四年，《紐約時報》發表一篇書評 "Roots without water"，作者是 John Espey，文章說她的小說寫得不錯。刊登需要配一張張愛玲的照片。當時張愛玲住香港英皇道（因為她之前住在女青年會，漸為人知，她生平最怕這點，後在宋家附近的一條橫街租了一間斗室暫住），鄺文美陪她到蘭心照相館拍照，照出了身穿旗袍、頭往上抬顯得臉圓的那張經典照片。

《老人與海》和《秧歌》都完成後，她繼續進行翻譯。書封面寫由張愛玲、方馨（鄺文美）合譯，張愛玲翻譯《睡谷故事》（又稱《無頭騎士》），華盛頓．歐文作），鄺文美翻譯《李伯大夢》。張愛玲還翻譯了一些詩歌，例如她翻譯過兩個美國詩人的詩，梭羅和愛默森的生平和著作。現在她跟鄺不僅是密友還是合作夥伴，相處比家人還融洽。

宋CP是張的粉絲，他們的才氣為人都讓張佩服，宋是戲劇家宋春舫的兒子，他一九一九年生，比張大一歲，十三歲入聖約翰高中，是全英語學校，十六歲進燕京大學，大一已讀完毛姆戲劇全集，一九三八年十九歲到上海借讀光華大學，一九三九年重返燕京大學並畢業，年才二十就在燕京當助教並教書與翻譯。他早慧並早熟，身高一百八，水晶形容他「玉樹臨風，臉色略顯青蒼」，十五、六歲因好友介紹，認識正在上海中西女中讀書的鄺文美，她也是一九一九年生，上海聖約翰大學畢業，來自英語教育與熱中慈善事業的基督教家庭，她有張愛玲羨慕的方圓臉，脾氣修養一流，二十二歲畢業於聖約翰大學，留校任教兩年，宋美齡曾屬意她當私人祕書，被她婉拒了。

他們三人的年齡相近，家庭背景有許多相似之處，最大的交集是文學、英文、上海，在人生境界上，宋CP的宗教背景，讓他們常有忘我利他的情懷，對朋友更是肝膽相照。也就是說光宋一人已奇人奇才，卻碰上另一奇人奇才結成夫婦，結識另一奇人奇才張愛玲，在先天上就屬奇緣。然宋CP有張沒有的無私情操，對一向強調自私的她，有了人生境界追求的改變。

溫暖的家庭、犧牲奉獻的精神、融洽的人際關係，這都是張未曾擁有的東西，有才氣的人她見多了，大都自私無情，家庭破裂或關係惡劣。但有才氣又會生活與付出的才子才女，這是她從未見過的，現在她更嚮往這些，這也是她到美國之後，選擇賴雅的主要原因，在情操上，賴雅對朋友的無私、熱情，不是另一個宋ＣＰ嗎？

這說明她為何會與炎櫻漸行漸遠，因為炎櫻像以前的她，而她要跟過去的她告別，一九五五年，她到美國見了胡適，胡讚美了《秧歌》，張卻為他在美國受冷待感到難過，他對她像個神，因此他的為學做人與說的話影響她甚多，考據《紅樓》，提升《海上花》的文學地位，為她點了明燈。

第八課

童女／同女之舞

——《同學少年都不賤》分析

張愛玲可說是近代小說家最擅長寫女性情誼的，她寫與母親羅曼蒂克的愛，與姑姑的不囉嗦的情感，與炎櫻共同創造的「雙聲」，她更進一步寫女性之愛。如果說〈相見歡〉是描寫女性雋永的情感，《同學少年都不賤》描寫的是女性微妙的競爭關係。趙珏與恩娟這兩個「完全是朋友」的中學同學，在那個同性戀風行的女校，友誼長達二十年可謂奇特。兩個人都不美，趙珏的感情一直不順遂，先是跟一個已婚男人有過一段，還被傳下海當舞女，嫁了一個性生活糜爛的丈夫，後來離婚，沒有子女，過著單身且拮据的職業婦女生活，相比之下，恩娟嫁了長相好、日後又飛黃騰達的丈夫，育有一雙兒女，趙珏的心理自是十分不平衡，當她知道恩娟還愛著芷琪時，而她沒有真正的被愛過。這讓趙珏自己覺得勝利，雖然是「精神勝利法」。

這也是醜小鴨奮力想變成「天鵝」的故事，「一個又是醜小鴨，一個也並不美」，兩個人都有醜小鴨情結，對外表特別敏感，恩娟挑了個漂亮男友，趙玨一見照片就說「你去，你去好」，恩娟害羞地咕噥「怎麼這樣注重外表？」」，趙玨好打扮，到大學時「她穿最高的高跟鞋，二藍軟綢圓裙——整幅料子剪成大圓形，裙腰開在圓心上，圓周就是下襬，既伏貼又迴旋有致，白綢襯衫是芭蕾舞袖，襯托出稚弱的身材，當時女人穿洋服的不多，看著有點像日本人。眼鏡不戴了，眼瞼上抹著藍粉，又在藍暈中央點一團紫霧，看起來眼窩凹些，二色眼影也比較自然。腦後亂綰烏雲，堆得很高，又有一大股子流瀉下來，懸空浮游遮，離頸項有三吋遠」，這麼誇張的打扮恩娟似乎裝作沒看見，只說：「你這頭髮倒好，涼快。」恩娟變瘦也變美了，她那原本中年婦人的身形終於曲線玲瓏，「臉面雖然黃瘦了些，連帶的也秀氣起來」，這兩個情敵，從中國大陸殺到美國，恩娟似乎是越變越美，而且飛上枝頭做鳳凰，但見四、五十歲的恩娟「穿著件豔麗的連衫裙，翩然走進來，笑著摟了她一下，通體熨貼，毫不使人覺得這顏色四、五十歲的人穿著是否太嬌了。看看也至多三十幾歲」，趙玨大為驚豔，格外顯得自己的寒素。兩個人的相見不歡而散，趙玨覺得恩娟不相信她說的話，而且一次比一次不相信，原因是什麼呢？原來多年來恩娟一直愛著芷琪，而她認為趙玨搶了她的愛，兩個相互嫉妒著，這種感情閉結著，綿延三、四十年，就好像〈相見歡〉的姐妹愛，也是閉結的系統，妒意與愛意一樣綿長。

趙珏醜小鴨又變回醜小鴨，恩娟是更上層樓，當她看到恩娟在《時代》週刊封面上的照片，有徹底潰敗的感覺：

微呵著腰跟鏡頭外的什麼人招呼，依舊是小臉大酒窩，不過面頰瘦長了些，東方色彩的髮型，一邊一個大辮子盤成放大的丫髻——那雲泥之感還是當頭一棒，夠她受的。

她們倆的關係從年少一直到中年，是朋友也是對她的愛慕與追求，情敵，微妙的競爭關係，一般異性戀者在意的容貌、成就、婚姻，已經偏移到同性之間的「不凋零的青春」，恩娟在某種意義上不曾長大，也不曾老去，跟歷盡滄桑的趙珏確如雲泥之別。

張愛玲所要描述的與其說是同女之戀，不如說是童女之戀，趙珏與恩娟長了年歲，縱橫東西方，不變的是童女之心，尤其是恩娟，童女戀童女，那是純真與美麗之戀，是聖境亦是魔道，無可定義的宗教，是五濁惡世中唯一的救贖，然它也是極度虛幻的。

凡人都是注重外貌的，女人愛美更是天經地義，只有醜過的人，對美更為渴求，恩娟愛上的芷琪，與趙珏愛上的赫素容，外表都是吸引人的，女人在女人的身上尋找自己，與其說是愛不如說是愛美，當恩娟與趙珏變美之後，轉向異性戀，過了中年，恩娟變得更美，趙珏有點自慚形穢，幾十年來的比賽，趙珏贏了感情，恩娟贏了美貌，但又如何，所有愛戀青春恰如繁華一夢，書中出現另一個重要意象，點出「鏡花水月」的主旨：

公寓有現成的家具，一張八角橡木桌倒是個古董，沉重的石瓶形獨腳柱，擦得黃澄澄的，只是桌面有裂痕，趙珏不喜歡用桌布，放倒一隻大圓鏡做桌面，大小正合適。正中鋪一窄條印花細麻布，芥末黃地子上印了隻澄黃的魚。萱望的煙灰盤子多，有一只是個簡單的玻璃碟子，裝了水擱在鏡子上，水面浮著朵黃玫瑰，上午擺桌子的時候不禁想起鏡花水月。

張愛玲不愧是意象高手，她常使用的「鏡子」與「月亮」意象在這裡熔為一爐，破裂的鏡子與浮在煙灰盤中的花，皆有「破裂」、「殘缺」、「蒙塵」的意味，而且極端怪誕，這是醜之美而非美之美了。曼陀羅花徑與紅色的天空如果是美與聖的象徵，那麼這裡的「鏡花水月」，是怪誕之美，也是醜之美。

正本與副本的辯證關係——性別模仿劇

不管是〈相見歡〉或《同學少年都不賤》，都是以異性戀為表，同性愛為裡，但最後寫的正本成了副本，副本成了正本，或者相互辯證。〈相見歡〉中的表姐妹都有差強人意的異性戀婚姻，且各有子女，作者也分別以伍太太、荀太太稱呼她們，她們是不自覺地相互憐惜，荀太太的異性關係始終在緊張中，她從年輕美到老，縱使婚後還保有對異性的吸引力，文中也寫到一男子的愛慕與追求，伍太太的心理是越多人愛她表姐越好，越表示表姐的吸引力。甚至提到被釘梢的瑣碎事蹟，她也是在意的，兩個人之間的默契不是旁觀的人看得懂，她們彷彿活在自己的小世界，演一齣沒人看得懂的啞劇，且身段、手勢、語言極為隱晦。看起來它是副本，可當正本中的男主角荀先生上場時，他的形象更為呆滯，手掌上染著紅蛋的朱紅色，令我想到嬰兒或猴子，當他對副本的戲完全不能進入狀況時，打了一個長長的呵欠，那是他與太太關係的一個反諷，當然也是對主題的反諷，這時正本與副本同台對照，顯得格外諷刺。

當然表姐妹的性別扮演並無涉及「倒置的模仿」，伍太太雖醜看來並不男性化，但在心理上，她是表姐的崇拜者與保護人，在經濟上也常伸出援手，這種關係已超乎尋常的姐妹，而較接近美人與英雌。在茱蒂絲．巴特勒的理論中，性別即扮演，異性戀所扮演的是白雪公主與白馬王子式的劇本，它必然是會失敗的，而且不斷失敗，才需要如此一再強調、一再重複，甚至是強制。而男同志扮裝皇后與女同志T／婆的關係，透過對異性戀性欲「模仿式嘲諷」，表現出他們所模仿的異性戀本身也是一種模仿，一種副本，一種透過不斷重複所達成的「自然化的性別滑稽模仿戲」，這「模仿中的模仿」、「副本之副本」，可顛覆性在於「同志扮裝在模仿性別時，暗暗透露性別本身的可模仿性——和其偶發變動性」。

《同學少年都不賤》的故事從女校開始，女校是女性愛情的萌芽期，紀德就寫過〈女校〉中篇，描寫女性間的浪漫愛情，那才是女性的初戀，它跟異性戀不同的是，她們都穿校服，無需變裝或按異性戀強／弱，男性化／女性化的原則相互配對，恩娟愛上的芷琪非常女性化，恩娟自己也並不男性化；趙珏愛上的赫素容，也不算男性化，而是中性化。裡面唯一涉及變裝的是，當趙珏逃婚躲在親戚家，恩娟約她到附近的墓園散步，她穿舅舅的西裝褲，短髮近男生，腦後成鋸齒狀，兩個人在荒郊野外散步，被白俄老頭子趕出去，恩娟明白她們是被誤認為「磨鏡黨」，然趙珏自己想也想不到。

這群青春少女已到花信之期，同樣進行著婚姻大業，恩娟首先認識一個長相不錯的猶太男人，趙珏逃婚後，認識高麗男人崔相逸，後來嫁給留美學者來自台灣的萱望，接著離婚。小說中異性戀的部分寫得極淡極冷，如趙珏認定恩娟與丈夫汴之間只有 intellectual passion「理智的激情」，她問夫妻話多不多，探測他們的感情狀況，恩娟回說「哪有工夫說話。他就喜歡看偵探小說，連刷牙都看」，後來又補一句「當然性的方面是滿足的……」，加上夫妻都對朋友熱心，趙珏認為他們是理想的合夥營業關係。

異性戀的描寫焦點在性事上。趙珏嫁了一個風流丈夫，在丈夫的車上發現比基尼襯褲，丈夫還說：「人家不當樁事，我也不當樁事，你又何必認真？」趙珏終於體認「人是天生的多妻主義，人也是天生一夫一妻的」。

回顧年少時的同性愛關係反而是無性的，雖是無性但較專一，也許有人說是柏拉圖精神戀，也許在女性心中，精神戀與肉體戀一樣重要。異性戀婚姻是父權社會的固定版本，男強女弱，男剛女柔，所謂男性的強勢主要是社會地位與成就，汴與萱望的社會地位都高於妻子，萱望長相還比女性秀氣，他長得「瘦小漂亮」，最後他們兩對的婚姻都不幸福，這說明異性戀的固定版本是可鬆動的。

看來這篇小說是以同性戀為主，異性戀為輔，當社會定義的異性戀正本遇上同性戀的副本，兩者互換，扭轉乾坤，這逆轉即是本文所產生的暈眩效果，也是茱蒂絲．巴特勒所謂的「模仿中的模仿」、「副本中的副本」，但必須指出，張愛玲所描寫的同性愛，不是嚴格定義的女同志，如果勉強定義，以現在流行的術語是「酷兒」，但「酷兒」是九〇年代才流行的，故可視為異性戀的雙性書寫。

假設一切是真的

張愛玲為什麼擱下這部作品？

張愛玲結過兩次婚，她是異性戀者毫無疑問，她的小說皆有所本，假設〈相見歡〉有母親與姑姑的影子，《同學少年都不賤》則有張愛玲與炎櫻的影子。裡面的恩娟「單眼皮，小塌鼻子，不過一笑一個大酒窩，一口牙齒又白又齊，有紅似白的小棗核臉，反襯出下面的大胸脯」，「她的歌喉又大又好，具有喜劇天才」，樣子頗近炎櫻，而趙珏是江北土財主，讀教會中學，畢業那年（十八歲）因拒婚被家裡禁閉起來，之後逃出來在親戚家躲來躲去，母親私下貼錢讓她跟姨媽住，接著考進芳大，父親斷絕接濟，她賭氣還差一年沒畢業，就在北京上海之間跑起單幫，認識一個高麗浪人。這一段描述怎麼看怎麼眼熟，假設這裡有作者的影子，那麼那個高麗浪人是胡蘭成，北京上海是南京上海，我大膽推測的目的是猜出她對胡蘭成的想法：

趙珏笑道：「崔相逸的事，我完全是中世紀的浪漫主義。他有好些事我也都不想知道。」

恩娟也像是不經意的問了聲：「他結過婚沒有？」

「在高麗結過婚，」頓了頓又笑道：「我覺得感情不應當有目的，也不一定要有結果。」

恩娟笑道：「你倒很有研究。」

趙珏無論對同性或異性，皆抱持著無目的性，不求結果的看法，這種中世紀的浪漫主義，可謂戀愛至上論者。如果她不是在同性愛中體會「有目的的愛都不是真愛」，又如何能不具目的不計後果地愛上那「高麗浪人」。而趙珏雖然婚戀不順遂，跟恩娟一輩子只愛過同性芷琪相比，她還是覺得很安慰：

難道恩娟一輩子都沒戀愛過？

是的。她不是不忠於丈夫的人。

趙珏不禁聯想到聽見甘迺迪總統遇刺的消息那天，午後一時左右在無線電聽到總統中彈，兩三點才又報導總統已死，她正在水槽上洗碗盤，腦子裡聽見自己的聲音在說：

「甘迺迪死了，我還活著，即使不過在洗碗。」

是最原始的安慰。是一隻粗糙的手的安慰，有點隔靴搔癢，覺都不覺得。但還是到心裡去，因為是真話。

趙珏認為只愛同性，不算真正戀愛過，異性戀再不堪，也是愛的完成。就在這點上，作者與同性戀或雙性戀作家不同，可見她還是異性戀中心的，雖然她能處理同性戀題材，但也只集中在童女之愛，女人愛童女的自己，也愛童女的純真狀態，不愛成熟的母體，也許在女人心中永遠存在著永不長大的童女。

這篇完成於七〇年代的小說，應是在賴雅死後獨身期間寫成，張愛玲於一九七八年八月二十日寫給夏志清的信中提到這篇稿子：「《同學少年都不賤》這篇小說除了外界的阻力，我一寄出也就發現它本身毛病很大，已經擱開了。」這短短三句話說出這些重要訊息：這篇小說寄出去而未刊出，所謂外界的阻力是否文中牽涉的人反對？而作者認為此文毛病很大是技巧上的或涉及隱私太多？

不管如何，這篇作品是瞭解張愛玲極重要的小說，裡面說明了愛，也說明了無愛。

延伸閱讀：

一、張愛玲中晚期小說〈色，戒〉、〈浮花浪蕊〉中的小說實驗手法。

二、《半生緣》小說與改編電影賞析。

作業：

一、嘗試意識流短篇寫作。

二、長篇與劇本的故事大綱習作。

下卷　喧赫家聲

第九課

風流雲集

一九五六年三月與賴雅在麥克道威爾第一次見面，八月結婚，一九五七年寫《雷峰塔》、《易經》時，母親病危但還在世，她以〈私語〉為底，把她的家族與童年寫得更細，她的家是由李、張、黃、孫四大族構成，李是洋務世家，顧命大臣，是張家的恩人兼外家，李鴻章的後人還是為張家敬重，所以二大爺出事了，張茂淵拚一身之力救他，還搭上了黃逸梵。張家本身不算富有，長兄幼弟幼妹感情可能也不好，張志沂長相清秀像李菊藕，張茂淵個性長相都像張父親張佩綸，李菊藕過度保護自己的兒女，兒子作女兒養，女兒作男兒養，從小想必也不太親，與大哥的關係也是敬畏為多，年紀差太多，都可以當父親了，分家產時打官司，張志沂與張茂淵打輸了，兩兄妹雖分到一些財產，都不太會理財卻愛面子，哥哥是坐吃山空，還抽鴉片與逛窯子，也趕時髦買汽車請司機；妹妹出國留學想必已花掉嫁妝的錢，分到的錢又拿來填二大爺的錢坑，為了緒哥哥也不嫁了。張志沂長大與結婚前，家中經濟由大伯管理，長兄如父，李菊藕年輕守寡，生活節儉，家裡養了許多丫頭老媽子，大家都摳省，大戶人家的窘境，只有出的沒有進的，銷項又多，看李菊藕的照片，孩子不到十歲，她也才三十出頭就非常老氣，如果沒有民國，他們也不是遺老，張志沂也許還可謀個官職，三妻四妾，抽鴉片逛窯子也是常態，主要是民國了，這些遺老不屑新政府，然而靠山沒了，也就只有日漸衰敗。黃家的經濟狀況或許更糟，黃定柱生活也是窘迫，黃逸梵只分到古董，她的謀生方式是賣古董，她養男人，可能也有男人養她（以她的個性被養的機率不大），經濟自然吃緊；至於繼母代表的孫家，因是庶出，兄弟姐妹又多，自然是沒錢，然天天要抽鴉片，抽那個跟吸毒差不多，久了漸失人性，張愛玲在這種環境長大，自然也感受到沒錢的壓力，她的愛錢不無道理，要從家人身上拿到錢根本不可能，從很小她就有自立自強、自己賺錢自己花的想法。

四個家族都沒錢愛錢，一個比一個自私，這其中最有錢有勢自然是李氏這一門。

李鴻章（一八二三－一九〇一），地位貴至一人之下萬人之上，誰能繼承他卻一直困擾著他。元配夫人周氏生子經毓，早夭，因此年至四十仍膝下無子，於是過繼李經方（一八五五－一九三四）為長子，為鴻章六弟昭慶之子，如此，李經方應為繼承人，沒想隔年繼室夫人趙小蓮生下次子李經述（一八六四－一九〇二），字仲彭，號澹園，當時李鴻章已四十一歲，因係嫡長子，由他承襲了肅毅侯的爵位，三子李經邁（一八七六－一九三八年），字季高，號又蘇，別號澄園，是妾莫氏所生，如此親生的兒子只有李經述與李經邁。他的妻妾兒孫皆貌好，三個兒子，長相個性命運皆大不同，養子經方相貌堂堂，雖是收養，卻極力栽培，稱為大兒，為盡忠之人：嫡長子經述相貌偏秀氣，文才高茂，為盡孝之人：三子經邁為小妾所生，長得方面大耳，不受重視，卻成為鉅富收藏家。李鴻章是個多情之人，極寵愛兒女。一八六一年，他在軍旅途中給兒女寄詩：「半生失計從軍易，四海為家行路難。惟有嬌癡小兒女，幾時望月淚能乾？阿爺他日卸戎裝，圍坐燈前問字忙。天使詩人臥泉石，端教道韞勝才郎。」將女兒比喻為謝道韞，他不但主持洋務，治家也洋化，兒女吃一年母奶，便餵牛奶，李經方還娶了兩個洋老婆。

李鴻章的親生兒女們，次子李經述才是長子，卻只活了三十八歲。他剛出生就長出兩顆牙齒，眼睛炯炯有神，親友認為此必是龍子下凡，曾國藩見了對李鴻章說：「此公輔器」，預言將來必成大器。李鴻章的母親李氏更是高興，逢人便說：「其父固亦如此，此子必肖其父。」有子如此，李鴻章心滿意足，他雖長得面貌清逸，不像父親，可能像母親，然天資聰穎，才華洋溢，官運卻不佳，二十二歲時考中了舉人。一八八六年，他以蔭生資格赴京參加廷試，沒有通過。雖未被錄為進士，但被朝廷選為內用員外郎，又蒙賞戴花翎，實際上李經述只是獲得了一個四品官的虛銜，這跟李鴻章為三甲出身，位極人臣大不同。但李家出了一個優秀的詩人，他的《夏日即事》道出了他的日常生活和情懷，他心性高潔，體貼入微，詩有閒適風：

倏然不覺久離群，寂處心情淡似雲。竹院焚香風易度，蕉窗倚枕雨先聞。病多本草諳都熟，暑渴清茶飲亦醺。自笑日長消底事，詩魔卻與睡魔分。

在參加江南鄉試那一年，考完試後，他走遍了南京和合肥一代的名勝古蹟，這裡是他的祖居老家，濃濃的鄉情交融著歷史回顧。面對六朝故都和淝水之濱的斷垣殘壁，歷代興亡，寫了五十多首懷古詩，每首皆情思鮮明而有古意，如〈別虞橋〉：

漢軍歌罷驪歌起，茫茫千秋橋尚存。銀燭雙行將進酒，紅妝一劍解酬恩。離筵難忍虞兮淚，芳草如招楚些魂。幽恨惟余一溪水，至今嗚咽向黃昏。

他的詩文已自成一家，可惜那是晚清末年，民國就要來了，新的文學正蓄勢待發，以他的文才卻只得到四品虛銜，這太讓為父心疼，他是既愛他又無奈，畢竟他是李鴻章的寄望所託，沒想到他一生顯赫，虎父卻生犬子。然李經述天性淡泊，是出了名的孝子，母親趙氏長年患有肝病，經年不癒，發病時劇痛不已，他親侍湯藥，還割肉入藥，最後母親還是在他二十八歲時過世，李經述悲痛欲絕，每念母恩便要傷心哭到氣喘，以至於常常昏厥過去，身體因此一日日變壞。經過這些人生大慟，李經述再也無心仕途，只希望多陪老父。一八九五年李鴻章奉命東渡議和，李經述要求陪父一起去，李鴻章不同意，要他在家專心準備「令赴試禮部」。沒想到那時李鴻章已兵敗甲午，北洋海軍全軍覆沒而成全國眾人所指，一面倒的考官甚惡之，李經述信心十足去考試，卷子寫得極好，而且本是「擬高魁」，卻有考官抽去他的卷子，年已三十一的他因此再遭落第。李鴻章的大兒、親兒都沒能考中進士，主要原因都因他，從此也就灰了心，讓李經方當大使，經述也只有放在身邊，李經方出使當得稱職，表現亮眼，經述身負才學，卻無用武之地，還好他心性恬淡，只求盡孝。

一八九六年李鴻章奉命出使英、法、德、俄諸國時，年紀已七十三歲，清廷降旨令李經述和李經方隨侍在側。李經方同時兼翻譯，李經述則加三品銜，以參贊官的名義隨行。李氏父子此一行程達數萬里，歷時半年多，無論行至哪裡，李經述總是隨侍在旁，飲食起居調理周至。一九〇一年，八國聯軍一路燒殺進北京，天下不保，慈禧太后一面倉皇帶著光緒皇帝往西避難，一面連發「十二道金牌」命李鴻章趕來收拾亂局。當時李經述正搭船帶著家眷避亂南歸，抵達南京時還未上岸，聽說身體衰弱的老父已抵上海，趕快掉轉船頭急奔上海，他堅持陪著老父北上。李鴻章看眼下局勢混亂，京城內已被洋人攻占，不忍兒子跟著遭罪，何況此次乃受命與洋人談判，李經述並無多少外交經驗，於是命他別來。之後李鴻章與十一國公使談判完結，人隨之倒下，住在賢良寺裡，咳嗽常帶血。李經述緊急帶著最受疼愛的李國傑（李鴻章長孫，李經述子，僅比李經邁小五歲）趕去探望，這時李鴻章已病重臥床。他每天在父親跟前服侍，連續五十多天日夜少吃少睡，每天燒香祈求上蒼，願以己命代父。李鴻章經不住長期的勞累和疾病的折磨而病逝，李經述痛不欲生，自覺未能保住父親的生命，實為兒子的罪過，便計劃以身殉父，後經家人環跪相勸，方才作罷。但他的身體從此垮了，漸漸形在神亡。他自覺不久於人世，於一九〇二年二月十一日寫下遺書，自言心境憂危，家聲恐難仰紹等等。一週之後，他跟隨父親走了，有一說是他吞金殉父。此時距其父逝世只有一百天，李經述的孝行，後人為他立了「孝子坊」，上刻有「承襲一等侯候補四品京堂李經述生有至性操履端嚴前居母喪哀痛毀瘠伊故父大學士李鴻章前年奉命來京……」等字樣。

而次子李經邁在李鴻章五十四歲才出生，生逢亂世，科舉更是無望，特賞主事、賞員外郎、戴花翎、頭頂品戴等等，都是朝廷安撫李鴻章特賞的，只有駐奧地利公使是個實差，那是李鴻章去世以後的事。因其生母是李鴻章的側室，這種情況就使他吃虧不少，連姪子李國傑亦看不起他，但他自有本事，擅長理財，收藏古董，自知不能背負李家重任，在六十歲生日的時候，提前為自己寫下了〈墓誌銘〉：「文忠（李鴻章）年五十四而生余，余年二十六而文忠薨……綜計一生，所作者，不甚愛惜之官；所辦者，無足輕重之事；所遇者，全無心肝之人；所聞者，不知羞恥之言！」好個敢言之人，這不也是張愛玲日後對先人對自己想說的話？

李鴻章有子如此，對人生或人的看法或有改變，他自己文武雙全，對兒女輩的要求標準調降了，在他眼中張佩綸也可說文武雙全，雖比不上他，但比兒子好。對女兒自然是寵愛有加，但他擇婿的標準跟別人不同。他最在意的是文才人品，最好是進士出身，官居幾品其次，他的功名情結跟別人不同，他自己意氣高超，跟兒子的性情大為不同，如他作〈入都〉詩十首，以抒發胸懷。其七：

> 一枕邯鄲夢醒遲，蓬瀛雖遠繫人思；出山志在登鼇頂，何日身才入鳳池？
> 詩酒未除名士習，公卿須稱少年時；碧雞金馬尋常事，總要生來福命宜。

詩寫得有氣魄，少年公卿是李的夢想，然詩尾也透出玄機，官運與福命必須相應，李經述走的是詩酒名士一路，李家早已出了一個文學家，只可惜是多情種，孝子心，他的詩多有哀音，這是否也是詩讖呢？現在來了張佩綸，他看中了他的文才，而且是沒有福命的才子，這是否註定未來將會出現一個名士派的文學天才？

一九八六年，李經述二十二歲，參加廷試沒通過，這想必讓李鴻章相當失望，他自己二十三歲中進士，入翰林，祖上四代為官，高祖李文安還與曾國藩為同榜進士，他對同樣二十三歲中進士，入翰林的張佩綸特別有感受，自己的兒子仕途無望，他自然想能有繼承他的人，他觀察張佩綸有段時間：他與他的父親張印塘曾是戰友，張家人有骨氣，他最看不得左宗棠這流的人，左宗棠未曾考取進士，選為翰林，原本死後謚號不能有「文」字。曾國藩謚為「文正」，左宗棠曾經消遣自己：「曾公謚為『文正』。我將來豈不是要被謚『武邪』麼？」不但表現其不滿，也對自己無法得到「文」字謚號而自嘲。李鴻章聽到此語，曾譏諷道：「劉仲璟說燕王百年後，逃不過一個『篡』字。我說左公百年後，逃過了一個『文』字。」左宗棠聽聞風聲，氣瘋了卻奈他莫何，為出這口氣他在一八七五年西征時，上表朝廷，表明自己欲回京師參加會試。當時兩宮聽政的東西太后知道左宗棠的心結，於是破格不錄取，直接賜左宗棠為進士，授翰林院檢討，因此左宗棠歿後才能謚為「文襄」。左宗棠當上軍機大臣後，李鴻章私下都稱他是「破天荒相公」，意在消遣左宗棠只考取個舉人，居然做了軍機大臣，真是「破天荒」之事，古今少有。

李鴻章即使身處逆境，也仍然注意「養生之術」，他愛吃鱸魚，有李鱸之稱。他早年近午才起床，一度被曾國藩責備，因此給自己立下嚴格的生活紀律：每天六、七點鐘起床，少許吃些早點後，就開始批閱公文，辦理公務，公餘則隨意看書和練字，他曾從曾國藩學習書法，推崇東晉書法家王羲之妍美流便的書法，常臨摹唐僧懷仁〈集王書聖教序〉碑帖，臨過之後，細看默思，力求神似。午間飯量頗大，吃完山珍海味，飯後還要喝一碗稠粥，飲一杯清雞汁，過一會兒再飲一盅以人參、黃芩等藥物配製的鐵水，然後就脫去長衫，短衣負手，在廊下散步，除非遇到嚴寒冰雪，從不穿長衣。散步時從走廊的這一端走到那一端，往返數十次，並令一個僕人在一旁記數，當僕人大聲稟報「夠矣！」時，就掀簾而入，坐在皮椅上，再飲一盅鐵酒，閉目養神，這時僕人給他按摩兩腿，歷時頗久才慢慢睜開眼睛，隨即上床午睡一、二小時。當僕人通報「中堂已起」之後，幕僚連忙入室，同他說古道今。晚餐食量較少，飯後讓幕僚自便，「稍稍看書作信，隨即就寢」。這種生活規律，「凡歷數十百日，皆無一更變」。這種養生習慣影響張家人，張佩綸的養生之道為來回疾走，張志沂也是。

左宗棠因湘、淮派系之爭，以及對陸防海防政策之歧見，與長久相識的李鴻章素來不睦，甚至勢同水火，李鴻章瞧不起沒真才實學的人，在文丞武將之間，自然偏向文才。

而張佩綸雖然兵敗中法之役，但他才三十六歲，官拜三品船務大臣、欽差大臣，說來也還是允文允武，又是真才實學，說來巧合的是，其父也有不戰而逃的紀錄。

張印塘的祖父叫張棟，是個秀才；張印塘的父親張灼連則無功名。

豐潤的張氏一族是明末由海豐（今無棣）遷居河北豐潤，無棣張家碼頭村位於山東省無棣縣縣城東北三十餘公里處的碣石山鎮境內。據《無棣縣志》載：「張家碼頭，明永樂二年，張姓從山西洪洞縣遷此立村，因南臨馬頰河，經常有船隻在此停泊，以特徵冠以姓氏取村名。」因此全村皆姓張，據無棣《張氏家乘》記載：「前明永樂二年，我始祖敬公為奕世之祖，由山西洪洞來海豐，家與碼頭村居焉。」又據大齊坨《張氏家乘》記載：「張姓自山東省無棣縣張家碼頭村遷此定居。村北有一方圓半里左右的沙陀，傳說村子藉此得名。該村張佩綸為清代同治辛未年翰林，侍講，署左副都御史，為李鴻章稚婿。」張氏在明初（永樂二年，一四〇四），由始祖張敬率長子張有全、次子張有才由山西洪洞縣遷至海豐縣。明清兩朝，該族共有十一人為貢生、監生、太學生，十餘人踏入仕途，並入載《無棣縣志》。其中，最有名望的還是遷居豐潤大齊坨的一支。大齊坨張氏始祖張臣儒（八世）於明末移居大齊坨，耕讀傳家，科舉興族。至十六世「以童子終其身」的張灼，始步入輝煌。張灼長子張印塘和次子張印垣，均科貢成名，一為按察使，一為知縣。特別是清末以來，該族湧現出一批著名人物，在中國近現代史上產生了不小的影響。張人駿曾兩次到無棣縣張家碼頭村尋根祭祖，進一步證實了豐潤大齊坨張氏源自無棣張家碼頭一說。

也就是大齊坨張氏的一支是張愛玲的祖先，且是最顯貴的一支，由山東遷至河北，可說是北人，故而高頭大馬，長相更接近東北人，細長眼，滿月大臉。自清末以來，該族出現一批風雲人物，如清末的「清流健將」張佩綸、兩江總督張人駿、大清銀行總監督張允言，以及民國時期的交通總長張志潭，還有張愛玲等。

張印塘字雨樵，嘉慶二十四年（一八一九）鄉試舉人，然卻沒能考過會試。好在乾隆年之後，朝廷為使舉人出身的人多一條出路，規定每六年挑取其中形相端正、善於應對的人加以錄用，獲得會試一等的人任知縣，獲得二等的人任教職，叫作「大挑」。印塘獲一等，可見張印塘的長相應該端正，口才應對也出色，故而被分到浙江，先做過幾個縣的知縣，繼而升任溫州知府，後調到安徽。

張印塘的官聲為人不錯，道光二十九年（一八四九），嘉、湖、廣、紹地區發生特大洪水，數萬人流離失所，衣食無著。任杭州知府的張印塘親自督促各地抗洪救災。他選用士人負責粥廠、藥局的工作，並搭建臨時住房安置災民，老弱疾病和婦女兒童分別居住，計口授糧。他帶頭捐獻錢物，還親自到任過知縣的嘉郡，動員士紳賑濟災民，積德行善。在他的帶領下，士紳豪富積極捐資納糧，不到十天，籌資逾萬。其他三地富戶聞風，也積極出資，很快籌齊了賑濟所需錢物。由於措施得力，使近十萬災民得以活命。他自幼好學，博聞強記。明經術，精史學，尤熟諳清朝掌故，「國用源流，河漕利弊，其攻守大體而處事分明，以外寬內明得吏民心」。他為官清廉，一身正氣，兩袖清風，做官幾十年家中仍然是茅屋數間，與做秀才時沒有什麼兩樣。他一生剛直不阿，終生鬱鬱不得志。這種剛直之氣，遺傳給張佩綸、張茂淵、張愛玲，他們自尊心奇高，而且說話鋒利少好話，張家是清貧出身，家風自然是節儉。

張印塘五十六歲那年在安徽按察使（正三品官，主管一省司法，隸屬於各省總督、巡撫）的任上，奉命駐守安慶。太平天王洪秀全派了他的妻弟賴漢英與太平天國翼王石達開的堂兄石鳳魁率軍西征，打到安慶，張印塘這時卻棄城而走，被咸豐帝降旨革職留營戴罪自效，後又一敗再敗，次年病逝。從正三品到棄城降旨獲罪，跟張佩綸的境遇相似，巧的是張人駿也有棄城而走的紀錄，這些事李鴻章應該知道，但他認為非戰之罪，張家人的骨氣人品是他欣賞的，個性中的軟弱他格外能忍受，他自己的兒子就是多情軟弱的人。但張家人有股「硬氣」，對看不起的人斷然絕交。

張印塘既是能吏又是驍將。清咸豐三年（一八五三）二月，從武漢順江東下的太平軍占領安慶，翰林院編修李鴻章奉旨回故鄉安徽，協助工部左侍郎呂賢基辦理團練防剿事宜，得到時為安徽按察使的張印塘鼎力支持。後二人共同鎮壓太平軍，結下生死之交。五月，張印塘與李鴻章在和州協同作戰，抵禦太平軍西征之軍；八月，太平軍石達開率部進駐安慶，張印塘與李鴻章再一次並肩作戰，「方江淮鼎沸」，張印塘、李鴻章二人「往往並馬論兵，意氣相投，相互激勵勞苦」，遂有知己之感，李鴻章稱張印塘為「患難之交」，並高度評價張印塘之人品，「余謂古所傳堅韌負重者，君始其人。」清咸豐甲寅（一八五四）閏七月，與太平天國石達開作戰時，張印塘病逝於徽州，李鴻章還為他撰寫墓表，悉心垂念其遺屬家人，並將之安頓於蘇州。

這樣的生死之交，對張佩綸自是另眼相看。

張印塘有六子七女。三子張佩綸、六子張佩緒皆有才學；五女張佩縈、七女張佩紉皆以孝烈入載《無棣縣志・烈女志》。

姪子張人駿與袁世凱是盟誓兄弟，又是兒女親家，但是老年之後，張人駿卻與袁世凱因政見不合而「老死不相往來」。甚至當袁世凱稱帝之後，張人駿從來不去北京，只為了「不肯與袁同在一個城」。第一次世界大戰爆發後，青島被德國占領，張家避禍北上天津，一家人來到了舊英租界戈登路的這處房子，就是現在的湖北路一號。

張人駿既是家中長輩，也是子孫們在學問道德上的楷模。他一生不納妾，也不許家中子弟納妾。蓄養婢女雖然不絕對禁止，但各房使用婢女很少。袁世凱的長女嫁到張家，也是一個婢女都沒有。張人駿不許子弟吸鴉片，家中煙具全無。他從不辦大壽，家中禁止賭博，甚至連唱京戲也被視為不屑之事。張人駿的孫子張象耆回憶，「一家人大有過著清教徒生活的味道，他本人晚年在天津，除了每天寫寫字外，詩酒風流的事是沒有的。因此他不是一個過瀟灑生活的逸老，而是一個典型的舊式正人君子。」

張家還有一個特別之處，就是直到新中國成立前，張家一直保持聚族而居的大家庭制度，這也是張人駿治家的特點之一，這也可能是先祖遺訓。張家的聚居生活共有五、六十人之多，有公帳，在住房、吃飯方面都是共同的，中晚餐一開就是十幾桌，搖鈴開飯。其他婚喪大事、交際事宜都統一行動，由父兄輩出面，年輕一代是不去參加的。

一九二七年張人駿在湖北路寓所去世。溥儀親自到張宅弔唁，諡「文貞」，與李鴻章的諡號「文忠」相應，他一生「忠君報國」，真可說得上「貞」，這一門「忠貞」，在張愛玲筆下全成了諷刺。

這就是張愛玲筆下的老大爺，他雖是張印塘的姪子，年紀卻比張佩綸大，張佩綸死後，成為張家的大長輩。

鋒利無倫的張佩綸從來不攻擊李鴻章，這同張佩綸之父張印塘與李鴻章是早年舊識有關。一八七九年夏，張佩綸母親毛太夫人去世後，李鴻章就託人邀請張佩綸入幕，只是緊接著張佩綸的元配夫人朱芷薌亦去世，張佩綸需回鄉奔喪，而沒有答應李的入幕邀請。只有張佩綸路過天津時，特地前往拜見李鴻章。李鴻章對他因奔喪而無法入幕表示理解，臨別時李贈送張佩綸營葬費一千兩白銀，這筆錢對於收入不豐的張佩綸來說，可謂是雪中送炭，讓張佩綸很受感動。他在日記中記下了自己的感受，「先世交情耐久如是，孤兒真感德銜悲也。」

李鴻章在給前江蘇巡撫張樹聲之子張華奎的信中說，「張佩綸豐才嗇遇，深為惦念，不如到北洋擔任幕僚」。張樹聲本是淮系中的第二號人物，張華奎在北京又同清流走得很近，人稱「清流腿」。這種你中有我、我中有你的關係，使得官場的人際關係錯綜複雜。次年張佩綸過津，李鴻章邀其小住兩旬，從此他們私下走得很近。一八八三年底，張佩綸出任總理衙門大臣，他兩三天就與李鴻章通一次信，署中大小事情都逐一報告，所以有一說是早在婚前十年，他就看中張佩綸，只是他那時還有繼室邊粹玉，一八八六年繼室亡故，光緒十四年（一八八八年）五月，張戍邊期滿返回，再次到天津投李鴻章幕。李愛張之才，不久將小女李菊耦許配給張做續弦。

他們的婚禮轟動全國，李中堂之愛女嫁給三娶之貶臣，年紀大二十歲，連洋人都注目。佛蘭克·卡彭特（Frank G. Carpenter）《在西洋鏡：海外史料看李鴻章》中的〈一場豪華婚禮〉描述：「所有的天津人都在為李鴻章女兒的婚禮而激動著。這場持續三天的婚禮將在這週舉行。這是今年的一樁大事兒。經過時，我看見衙門裡擺放著鮮花。有人告訴我，婚禮的禮物裝滿了三個房間。玉石、珍珠、寶石，以及大量的絲綢和絲絨已經送了過來。李鴻章是清朝北方貿易的監管者，所以所有大商人都給新娘送上了禮物。新娘子穿著大紅色禮服。據說她的頭上戴著非常沉重的珠寶，以至於在整個儀式當中，必須有人從旁攙扶。新娘現在二十三歲，據說長得很漂亮。清朝人跟美國女人一樣八卦。現在在上層社會流傳的說法是，李鴻章的夫人很反對這樁婚事。據說，當李鴻章跟她說要把女兒許配給張佩綸時，這位夫人給出了一番說辭，說新郎比新娘大二十歲，而且沒有什麼官階。事實上，在幾年前新郎就有很高的官職，但在處理中法戰爭事務時，因為他的猶豫而失寵，被免了職。總督回答夫人說，他的女婿實際上擁有很高的才智，而且他會謀得另一個職位，甚至會比總督自己的官銜還要高。總督夫人雖然對總督很專制，但其實很仰慕他，她說：『那麼他只能做皇帝了，因為現在在清朝沒人比你的官銜更高了。』因此，這個故事有了一個童話般的結局：他們結婚了，從此幸福的生活在一起。」

但這場婚姻不但沒為他的仕途加分，反倒成了致命傷，甲午戰爭爆發後，李鴻章抱養之長子李經方欲出任敵前統帥，為張佩綸諫阻，郎舅關係遂勢同水火，時有「小合肥欲手刃張蕢齋」之說，之後李經方買通了幾個御史，群起彈劾張佩綸。大意是，張佩綸遣戍釋放後，不安本分，又在李鴻章署中干預公事，招致物議。隨後就有聖旨下來，命李鴻章把張佩綸攆回原籍去，「九月十一日（十月九日）晴。薄暮到派水草堂，內人云：朱批：『張佩綸獲咎甚重，李鴻章何得再為剖辯，仍令回籍（金陵），不准在該督署中居住。』摺內云已經回籍，未細觀也。」「十月初一（十月二十九日）晴。整理行裝。」受此羞辱的張佩綸應該是生不如死吧，一個是滿心妒恨的大兒李經方，一個是乘龍快婿，兩人勢如水火，李鴻章也莫可奈何。看來張珮綸幾經挫敗，並沒改他好議的個性，也為他帶來人生的阻礙。這時只好帶著妻子搬出李府，遷至南京，另購府第，中有小姐樓，李鴻章也在這裡有別墅，只有一牆之隔。

光緒二十六年（一九〇〇），當聽到八國聯軍攻陷大沽口的消息後，張佩綸急得「咳血升許」，並上了〈累畫勤王和戎〉之陳情書。次年二月，李鴻章保薦其隨辦和約，張北上入李幕，但對官銜辭而不就。和約告成後，李鴻章復保薦張佩綸，清廷以四品京堂起用，張佩綸又堅辭不就，這是他捍衛自尊的最後一舉。

張佩綸經歷過這些事，早已心力交瘁，一九〇一年年尾，李鴻章過世，李經述一九〇二年初二月殉父，相信帶給張佩綸相當大的刺激，隔年一九〇三年初正月他也跟著去了，距離李經述逝世只有十一個月。

說來都是人間少有的多情種子，只是守舊傳統的家風已經傳承好幾代，張愛玲的個性、長相近似祖父張佩綸，文風卻不像，祖父的詩連她自己都讀不進去，張佩綸的詩作似乎比李鴻章、李經述更少風情，觀其〈不遇韻〉：

門前小立柘陰斜
雲出無心鶴守家
料是山中木聖藥

問誰講坎拾天花
鄭生游學頻窺帳
謝客離居況折麻
別會吾師刺船意
意牙琴天籟拂桐
苞艾題沈二蒙慶
詩卷翱刪酬鞭酬
湘馴黼踍雌附僻

——《澗于詩集》

詩偏古雅硬氣，主要是典故過多，被歸為江西詩派冷僻一路。張李合流如果出現的文學家也應是古雅守舊型的，第二代的張志沂、張茂淵文學天分不太多，必須加上黃冀升這邊的血液，才完成一個曠世風流才女。

李鴻章死前，遺產都分給了後代，外孫張志沂（張愛玲父親）獲得租界洋樓八幢，金銀無數。

李國傑（一八八一—一九三九）是李經述的長子，李鴻章的長孫，承襲李鴻章一等侯的爵位，從小備受寵愛，十二歲時，李鴻章就帶著他入宮拜見慈禧太后，太后也很喜愛，特授予二等侍衛職位，年方十二的小兒竟當侍衛，這讓李家爭了光，父親李經述早亡，他二十歲就襲侯爵，可說貴顯一方，可這在袁世卻不是什麼好事，在三十五歲前完全靠祖上餘蔭，李家對這長孫寵愛過度，一家子都是美人，他自然面貌俊美，養尊處優，一出手就很驚人。清朝末年，李國傑被派為散軼大臣。一九〇六年年方二十五任廣州副都統，一九〇七年改任鑲黃旗蒙古副都統，一九〇八年任農工商部左丞。一九一〇年，不到三十歲的李國傑任欽差大臣出使比利時，他一入繁華，吃喝嫖賭盡情揮霍，欠下一屁股債，靠著李鴻章這塊招牌，袁世凱不僅沒有為難他，相反給他撥了四萬塊大洋填窟窿，還讓自己的兒子袁克義娶了李國傑的長女，段祺瑞並在一九二四年讓他當上上海輪船招商局的董事長。一九二八年東北易幟，國民政府清洗遺老的財產，沒收盛宣懷家產，也動到李國傑身上。國民政府先是直接逼捐，讓李國傑花了六十萬；再針對油水很多的輪船招商局，派趙鐵橋奪權。趙鐵橋找了個理由，將李國傑告上了法庭。李國傑隨之反擊，一九三〇年七月二十四日，趙鐵橋在輪船招商局的樓側遭槍擊身亡。蔣介石令宋子文查辦，但未能抓到李國傑的把柄，遂以經濟案件將其暫時拘留。李國傑通過人脈賄賂交通部次長與監督陳孚木，使該案不斷拖延。最後，陳孚木倒台。

一九三二年十二月二十七日，上海地方法院判處李國傑有期徒刑三年，剝奪公民權利四年，罪名為「以國家財產做抵押向美商公司借款，出賣國家利益；向大來公司租借商輪，妨礙航權；賄賂交通部次長與監督陳孚木七十萬兩銀……」，後來李國傑透過段祺瑞向蔣介石疏通，最終被釋放。

抗日戰爭爆發後，輪船招商局總局遷出上海。李國傑仍留在上海。軍統獲得情報，日本人準備讓李國傑出任中華民國維新政府領導人或交通部長，這是大漢奸啊！也就是溥儀前身，但他不是皇帝，死了沒差，軍統因之策劃暗殺李國傑。

一九三九年二月十九日（農曆正月初一），李國傑剛出上海新聞路沁園邨的家，便遭槍擊，在醫院逝世。

張愛玲寫姑姑同情李國傑，先是救獄，她當時十幾歲，李國傑五十幾了，應該是親耳聽見：

「表舅爺放出來了？」

珊瑚隨口說了這個消息。

「官司總算了了！」

「還早呢，他只是先出來了。」

琵琶慣了姑姑的保留，毫無喜悅的聲氣也並不使她驚訝。報紙上說還不止是虧空，她看了半天也不懂。報上說的數字簡直是國債的數目，牽涉的是金錢，而不是刑案，所以她不感興趣。但是她知道姑姑忙了許久，要籌錢墊還虧空，連籌一部分都是艱巨的工程。尤其是珊瑚和謹池的官司打輸了，自己也手頭拮据。琵琶原先也有點擔心，後來見姑姑並沒有什麼改常，心裡也就踏實了。

「我把汽車賣了，反正不大用。」珊瑚道：「我也老開不好。」

又一次她道：「我在想省錢，還許該搬到便宜一點的房子住。」

——《雷峰塔》

姑姑太低調了，使得張處在這麼精采的家族，寫得模模糊糊且不討喜，連個長相也不清楚，算是曲寫。在《小團圓》中是直寫：

這一天她也只在洋台上聽見她父親起坐間裡有人高談闊論，意外的卻是一口合肥話，竺家男女老少都是一口京片子。後來她無意中在玻璃門內瞥見他踱到洋台上來，瘦長條子，只穿著一身半舊青綢短打，夾襖下面露出垢膩的青灰色板帶，蒼白的臉，從前可能漂亮過，頭髮中分，還是民初流行的式樣，油垢得像兩塊膏藥貼在額角。

把他寫得很黯淡，難得有這麼精采的家史，等到她時已破敗不堪，遺老的命運如此悲慘，但她只看到不光彩的一面，民國女子，就讓這錦繡般的家史寫成爛絲。

第十課

姑姑嬸嬸

張愛玲外祖父的父親黃翼升是清末長江七省水師提督，為李鴻章淮軍初建時的副手。同治四年（一八六五），李鴻章奉命鎮壓捻軍，在對東捻的戰鬥中，黃翼升的水師駐守運河一線，阻攔了東捻的向西突圍，立下大功，授男爵爵位。黃家在南京的房產，位於如今的莫愁路朱狀元巷十四號，被稱為軍門提督府，黃翼升享年七十六歲。他只有一個兒子黃宗炎（另二子早夭），早年中舉，黃翼升為他捐了道台，承襲爵位後，便赴廣西出任鹽道。這位將門之子，婚後一直未有子嗣，赴任前，家中從長沙家鄉買了一個農村女子給他做妾，有身孕後，將其留在南京。黃宗炎去廣西赴任，不到一年便染瘴氣而亡故，僅活了三十年。黃宗炎個性暴躁，一早起床不見人就踢開那人房門，治家如治兵，人又風流，《雷峰塔》寫他一省一個老婆，家中有三個老婆，黃宗炎死後，全家人都關注著姨太太的臨產，一八九六年生下了一女一男的雙胞胎。女孩子便是張愛玲的母親黃素瓊，又名黃逸梵，男孩就是張愛玲的舅舅黃定柱。

一九一五年，二十二歲的黃素瓊由養母大夫人張氏做主嫁給了李鴻章的外孫張廷重，她裹著小腳，這過於漂亮的新娘引起轟動，連小姑張茂淵也成了她的粉。二十二歲才嫁人可說是晚，她的親事是很早說定的，但她一直拖著不嫁，最後經不得養母催，只好嫁了。初嫁幾年，還在大爺治下，雖不自由，但年輕夫妻，男帥女美，還算過了幾年平靜日子。

一九二二年，大夫人在上海去世，她和孿生弟弟黃定柱分了祖上的財產，她拿了古董，弟弟要了房產、地產。豐厚的陪嫁加上分產所得，她自己能夠支配的財產可觀極了，猶如她的婆婆、李鴻章的長女李菊耦，當年的陪嫁足夠張家近三代的揮霍。她的遺產用了二十幾年，還有十七個箱子之多，其中有一套餐具，是景德鎮官窯特別燒製的，皇帝分別賜給十個功臣，下令特別打造了一百零八件十個人的餐具，她就得了一套。花紋是外面沒見過的，香港邵氏不識貨，不買。她就都帶走了。除了瓷器還有很多宮緞珠寶，也是皇宮裡特製的。

當時張廷重還沒分產，她用自己的嫁妝搬到天津，丈夫雖有一份英文祕書工作，只是閒差，不太上班，薪水可能不多，大多數還是從她的遺產中支付，又要買車子，養車夫廚子，一堆老媽子，丈夫又是抽鴉片逛窯子（想必也是花她的錢），日子久了，她怕這樣下去錢都花光，便死了心跟小姑一起留洋，張茂淵還沒分家，女子留洋的話家裡不太可能供給，會不會黃一手包辦？

現在能看見的早期黃的照片，就是在娘家未嫁時的少女時代，身量感覺未發育，臉孔還是孩兒臉，五官很立體，小腳很突兀，這裡貫穿她一生的悲劇就是小腳與金錢，如果她分到的是房產，還有田產收入，生活可放穩定些；分到古董只能變賣，賣古董很不容易，識貨的不多，很容易受騙，還要看人臉色，如通過中間人還要給佣金，收入不固定。但為了有自己的生活，只有一次又一次變賣古董。另一張在天津的照片，她已換上如女學生般的裝扮，半舊的花園洋房，是用她的錢租來的？照片中的她髮型穿著，類似學生裝扮的張茂淵，短髮劉海，短衫露腳裙，不知她是否也穿了皮鞋？張廷重穿著長衫，看來風流瀟灑，天津的小家庭生活雖好，卻是三人世界，小姑天天黏著自己，她甘願將自己的錢給她花，她能念書，這是她嚮往卻沒有的，栽培女孩子上學成了她唯一的工作，此後她為此傾其所有。

黃素瓊一生有過一百多個名字，這些或許是化名、筆名、藝名……這說明她一直在變換身分，換名或許為作品署名，或許為談戀愛用，或許是隱藏身分，相信在這些名字中可能以英文為多，主要是她長期在國外，可能換一地或換戀情就換一個新名，她不僅換自己的名字，也換女兒的名字，改張煐為張愛玲，以前的文人也喜歡改字號，改名有自我做主的意味，但改名成癖可能就有心理問題。

說她有公主病嘛，她對子女能做最低限度的付出，會說「虎毒不食子」那樣的話，可見她沒忘記做母親的責任，但與張志沂同樣都出身於寡母家庭與單親家庭，缺乏父愛與母愛，過的生活相當扭曲，一輩子都在找尋浪漫愛，而總是遇人不淑或命運坎坷，要這樣的人懂得愛人很困難，張志沂自然也好不到哪去，剛開始婚姻可能還算不差，只是吸毒的人怎會正常？

她自一九四八年離開中國就沒再回國，先到新加坡再到吉隆坡，年底即離開到英國，她為何短暫停留吉隆坡？是為賣出她那一堆蜥蜴皮包，還是為處理或紀念英國男友（丈夫），卻死於新加坡戰役中，兩人不知有無結婚，一九九六年筆者採訪張子靜，他說：「我母親與那美國人結婚。」可能已婚，但對方死亡，應給她帶來重大打擊，「……黃看起來消瘦、憔悴、疲累，黃在吉隆坡的鄰居叫她『老太婆』（old lady），氣死愛美的黃逸梵。」這可能是她快速枯萎的原因，那時的她已五十歲出頭。連張愛玲看到也吃驚，一九四八年，黃逸梵從新加坡到吉隆坡，在坤成女中教書，教授課程是手工，學歷不高的她能在高中教書，應該是她的留學與學美術經歷，還有手藝巧？她曾去皮包廠工作，後來也去過製衣廠，手工想必不錯。《對照記》裡有一張是黃逸梵少女時代手執紗扇和婢女的合影，下面是一雙三寸金蓮。張寫道：「珍珠港事變後，她從新加坡逃難到印度，曾經做過尼赫魯的兩個姐姐的祕書。一九五一年在英國又一度下廠做女工製皮包。」也就是戰時（一九四一－一九四二）她在新加坡，可能因男友（丈夫）戰死，她逃往印度，在這裡做尼赫魯的兩個姐姐的祕書，然後一九四六年最後一次回中國，停留不久又回新加坡。算算她在東南亞停留近八年。

那時候她很憔悴，身體也不好。她住在舊巴生路上面一點的房子，一座獨立的小洋房，當時沒有出租車，她的屋子是平房，布置得精美考究，鋪著地毯，掛著畫。她是個外國人，鄰居跟她關係不大好，喊她老太婆（old lady）。她很愛美，因此非常生氣。因無人相伴，對兒女灰心，她在福利部收養了一個大概九歲的小女孩，那個小女孩很難管教，因為逸梵有很多規矩，比如吃飯時不能講話、不能多動。一直教不好，她很生氣，後來就給送回去了。她的財產本來一生都夠用，但在巴黎的財產在二戰裡被炸掉，在中國的財產也都沒有了。外國鄰居說：

有一天跟她看電影，好像是《翠堤春曉》（*The Great Waltz*）。她說看完之後幾天失眠，因為很多地方她跟她的巴黎情人去過。我問她有地址嗎，她說有。我就問那為什麼不寫信？她說不寫信，如果寫信，可能知道他不在了，他戰死了，我會很難過；我不寫信就不知道他的情況，那他還是活在我心裡。

她的海外漂流大約是一九二四年二十七歲第一次跟張茂淵出國，主要是英法兩國，還曾到瑞士滑雪，一九二八年第一次回國，在海外四年，回國停留四年：離婚後一九三二年第二次出國，可能住在英國、法國，似乎在這時有個法國情人，一九三六年春，黃逸梵曾以中國留法藝術學會會員的身分，參加「巴黎中國留法藝術學會英倫中國藝術展覽會參觀團」，到倫敦逗留過六天。除了中國藝術展覽會之外，黃逸梵還和其他會員一起，參觀了多家博物館、畫廊、私人藏家以及英國皇家美術學會。同年底，黃逸梵從法國繞道埃及與東南亞回國，這次又在海外停留四年。

一九三六回國，一九四〇再出國，英國情人可能是這段期間的事，這次停留四年以上；一九四六年第三次回國，不久與女兒決裂離開，一九四八年第四次出國，永遠離開中國。她每次出國約離開四年，回來也住上四年，最短兩年，前後十年以上，也就是母女相處的時間並不少，她在外生活更自由些，為何要回國長住？尤其是第一次，她回國是為挽救婚姻，也是捨不得孩子，他們都還小，她寄玩具回來，給小孩的照片上色，說明她是喜歡孩子的，為此特地回國，張廷重吸食鴉片，硬是要他戒掉，還租了洋房想過新生活，無奈戒毒與生活開銷大，張廷重不肯付錢，讓黃倒錢，兩人越吵越凶，這才堅持離婚，於是含恨離去，走前安排張入小學，去學校跟她道別，女兒木木的，不知母親心情悲傷。黃素瓊離婚後不久便第二次赴法國學習油畫和雕塑，與當時留法學美術的徐悲鴻、蔣碧微夫婦和常書鴻都相熟。直到一九三六年抗戰爆發前夕她才回國，原因是張愛玲這一年高中畢業，按照離婚協議，張愛玲的教育問題黃素瓊有權過問。

想必經濟漸漸不行，想跟張茂淵拿回自己的錢，哪知張虧空了她的錢，兩人自此有嫌隙，這時女兒又來投奔她，也沒拒絕，還讓她補英文請高級家教，就想帶她出國，但女兒是個生活白癡，行動笨拙，又像書呆子，不像她，倒像張家人，她必然恨死張家人，這是「搬石頭砸自己的腳」，但還是在經濟上幫助女兒。一九四六年回國，原因不詳，這時她的男友過世，她也接近五十歲，外貌蒼老憔悴，連女兒都看出來了。一九四六年二戰結束後，黃素瓊第三次歸國，經過戰爭的磨難，她下船時是一副憔悴的模樣。張茂淵看見了不禁脫口而出：「唉唷，好慘！瘦得唷……」已成為名作家的張愛玲眼眶都紅了。

可能也是想看女兒是否可靠，可以陪她度過晚年，女兒的戲上演，她也去看，出了名又變漂亮的女兒，想必讓她覺得安慰，哪知她拿出兩條黃魚斷絕關係，她以為是風流之罪，其實張還記以前的仇。「她的窘境中三天兩天伸手向她拿錢，為她的脾氣磨難著，為自己的忘恩負義磨難著，那些瑣屑的難堪，一點點地毀了我的愛」，「我覺得一條長長的路走在了盡頭」，也沒說明，就讓她誤會，讓她死心，黃喜歡女孩子，於是又動弟弟女兒的主意，尤其是最小的黃家瑞，她一直喜愛弟弟的女兒，個個長得漂亮伶俐，可能在她們身上看到自己，每次回國都給她們帶貴重禮物，只有女孩有，連自己兒子都沒有，張愛玲自然也是有的。

這對兒女都不順她的心，兒子不學好，女兒天生反骨，因家庭破裂的關係，在人前木訥笨拙，十分內向，作為母親自然不滿意，但她知道女兒是念書的料，也知道她每受傷，就會把自己關起來，作為離婚又無監護權的母親，她做得夠多。三次回國多少為看張愛玲，第一次讓她入小學，學鋼琴，第二次讓她補英文，想讓她進牛津大學，想帶至英國，第三次是為女兒婚事？或許聽到一些風聲，女兒已二十八歲了，還檢查她身體，最後給了她胸針，帶著她的照片出國。一九五一年她曾寫信告訴張茂淵與張愛玲，她在工廠做女工，製皮包。連張茂淵接信後都不知說什麼好，悄悄笑道：「這要是在國內，還說是愛國，破除階級意識——」其實她很想學會裁製皮革，自己做手袋銷售，不過這一計畫似乎沒有成功。

黃逸梵於一九五六年八月二十七日加入英國國籍，上面記載的生年為一九〇五年，比原來少九歲，入籍的工作即為機械女工，在英國國家檔案館收藏的入籍證書上，她的姓名一欄寫著：Yvonne Chang（張逸梵）。她恢復單身卻仍冠前夫名，想必喜歡這姓氏，或只圖方便，或為掩護身分。入籍證書上父母一欄，黃逸梵填寫的是「Shih Sheng and Shih Chang」（盛氏及張氏），也許在心理上，她認為自己仍是張愛玲的母親，至於盛氏，張愛玲《小團圓》裡的女主角九莉也姓「盛」，當時上海灘有兩個很出名的七小姐，一個是張愛玲的繼母孫用蕃，另一個就是上海灘第一豪門盛宣懷的七小姐盛愛頤，年紀與黃素瓊差不多。盛愛頤是盛宣懷的女兒，盛宣懷是李鴻章幕下的得力助手，因是個大實業家，成為上海灘首富。盛愛頤曾與宋子文相戀，盛家嫌他配不上盛家，愛頤等他十年，沒想到宋子文後來成為國母之弟，扶搖直上，又已另娶，盛因此生了場大病，以大齡嫁給表哥莊鑄九做繼室，她還與哥哥爭產，打官司勝訴，得了一大筆遺產，後開設百樂門舞廳。盛家有房子在霞飛坊，跟張、黃家很近，女兒們年紀又相近，張茂淵後來因爭產打官司，孫用蕃的姐姐嫁給盛宣懷之子，可見這幾家人關係親近，張與母親都自稱姓盛，這太巧合了。

同為上海名媛，每個晚年都做勞力工作，盛愛頤、張茂淵、孫用蕃皆因勞改而成為工人，黃逸梵則自願當工人，她一輩子雖風流，但都是想要有個歸宿，因戰亂的關係，法國情人、英國情人戰死，總之她離婚後，最後還是一個人，卻給自己冠上張姓。

一九四八年黃逸梵重返倫敦時，曾在肯辛頓區租房，住在地下室，她差不多也把自己關起來，跟當年十六歲的張愛玲被關在紅磚樓房地下室一般，她曾對女兒說：「……我只要你答應我一件事，不要把你自己關起來。」這是《小團圓》裡，蕊秋對遭遇情傷後的九莉說的話，想必她深知張的癖性，她確實在狀況不好時會把自己關起來，沒想到活躍的黃晚年如此不堪，她的錢可能也用盡了，加上多年奔波勞瘁，罹患胃癌，幸好還有些朋友幫助，短期接她去住，在英國最後的九年，想必不是很好過。

黃家大小姐過於自戀，以自我為中心，壞脾氣可能是真的，不過豪門出身的千金小姐，習慣不講好話，只講不好的，老輩人更是，她對女兒講不出好話，只說過一點好，就是「頭圓」，頭圓當然也是優點，頭形好看給人頭腦好、正直的印象。黃素瓊雖為軍門之後，卻是小妾所生，幼年歸大老婆養，從張愛玲筆下描述，想必是嚴厲的，過於嚴厲而缺乏愛的管教，塑造成一個叛逆而壞脾氣的女子，二十二歲嫁給張志沂，丈夫年輕時是好看的，但在大爺掌家下，恐怕也是看盡臉色，所以分家後馬上搬到天津，跟老家一南一北相隔遙遠，張志沂拿到財產後，自然如野馬脫韁般胡天胡地，抽鴉片逛窯子，這時生了一女一子也不管用。張志沂有張家的軟弱個性，卻沒張家的骨氣，骨氣都給了張茂淵，她出國留學，自立自強，為救李國傑負債，傾盡己身所有，主要是他最有李鴻章的風範，她的想法是張家的錢也是李家給的，那就還給李家，這種想法也真奇，順帶愛上其子孫。這「姑姪戀」被張愛玲寫得歪歪曲曲，到底是真是假？總之，姑姑嬸嬸都風流，姑姑為義的成分多，嬸嬸為己的成分多。

張佩綸病逝後，其遺產南京房屋久為他人占住，與張愛玲姑母張茂淵、父親張志沂同父不同母的伯父張志潛，經過「千辛萬苦，於一九三四年左右恢復寧屋主權」。這時，張茂淵已自海外歸來，三十幾歲未婚，留學後花掉所有（張家不可能出錢讓她遊學），正需要錢，要求將祖父遺產三份均分，張志潛不同意，於是張茂淵一紙訴狀將張志潛告上法庭，引起上海報紙媒體的報導，張志潛才勉強答應均分成四份：他自己拿兩份，張茂淵與張志沂各一份。

這結果張茂淵不滿意，請出著名律師劉祖望打官司，但張志沂在關鍵時刻倒戈，結果敗訴。張茂淵吃了個大大的悶虧，從此便不大與哥哥往來，聲稱不喜歡「張家的人」。

李國傑虧空的款子有七十萬兩，姑姑孀孀搭進去的應該不少，這是母親一切悲劇的來源，錢沒了，自然生活過得很緊，這也影響到張愛玲。

張愛玲到美國後，首先處理的是這段家族恩怨，比較〈私語〉、〈燼餘錄〉、《雷峰塔》、《易經》、《小團圓》、《對照記》，可說是一系列作品，我們以一九四四年版、一九六〇年版、一九七五年版、一九九三年版來區別，這一系列作品對她的傳記研究很重要，可說是一系列的自傳書寫，費了五十年來書寫自己與家族，這種鍥而不捨的心理因素是值得探討的，她的家族帶給她創傷太深，但也可說是精采萬分，如果她寫得不那麼隱晦、負面，只要一觸及常能動人心弦，如〈私語〉、《對照記》：態度最偏激的是一九六〇年版，她把弟弟寫死了，母親下獄了，因為是兒童視角，譴責的意味大，胡蘭成的部分想必也是有的，後來不明原因被刪去，這也是結識宋 CP 後，有感於自己家族的不正常而做的切割，因事隔不久，筆法較為激切；一九七五年版除了母親、弟弟、桑弧、汝狄（賴雅）的部分，家族事香港事的內容差不多，可說是濃縮版或精華版，性的描寫是後加的，自我譴責的意味較大，說明為何不要孩子，因為自己的血液太自私，怕生下的孩子更自私；她壓下這本書，是完全信任宋 CP，一九九三年版，圖多於文，只剩下愛與眷戀。

如果說一九六〇年版是童年版，視角為童年到少女的琵琶，家族的部分幾乎占去三分之二，且人物紛繁線路紊亂，三分之一是母女決裂的過程與香港之戰，筆法冷冽刻薄，英文寫得很簡淡，跟《秧歌》懸殊，這說明不是她英文不夠好，而是筆法的問題；一九七五年版是成人版，家族與香港部分縮簡，加重母女與愛情部分，視角為成人九莉，筆法諷喻而溫柔蘊藉，跟她一貫的中文筆路相近，這說明張不適合寫孩童視角。

如果把它們合起來看，重複書寫的應該是實，不重疊的部分或者是虛，或者存疑，當然小說不能以真實論之，也不能做傳記材料，然作者也說是寫「自己」的故事，與現實比對，大約可拼湊一些概括：它們一共寫了四代四大家族，第一代李鴻章、黃翼升、孫寶琦；第二代張人駿、李國傑、李菊藕；第三代張志沂、張茂淵、黃素瓊、黃定柱、孫用蕃、張人駿子女、李國傑子女；第四代黃定柱子女、張志沂子女張子靜與張愛玲。這幾個家族因婚戀而產生關係，也因情感不合而分崩離析，她或許認為亂倫是衰敗的原因，張茂淵愛上李國傑之子，並為李國傑還債，是張、李家族互相愛慕的又一翻版，但卻讓張茂淵、黃素瓊幾乎傾家蕩產，這冤冤相報，卻報應到張愛玲與張子靜身上。換個角度說，張愛玲與胡蘭成也是「再生緣」的才子佳人故事，連張愛玲與男人也脫離不了這命運的循環。這麼精采的故事怎麼在張愛玲筆下都變了樣？

就傳記而言，《雷峰塔》、《易經》更有參考價值，把紛繁的家族與成長背景寫得更清晰，對這四大家族也做了評點：

「只有我們親戚這個樣，」琵琶問道：「還是中國人都這樣？」

「只有我們親戚。我們的親戚多，我們家的，奶奶家的，你媽家的，華北、華中、華南都有，中國的地方差不多都全了。」

「羅家和楊家比我們好一些麼？」

「啊，跟他們一比，我們沈家還只是守舊。羅家全是無賴，楊家是山裡的野人。你知道楊家人是怎麼包圍了寡婦的屋子吧。」

「姑姑倒喜歡羅家人。」

「我喜歡無賴吧。話是這麼說，我們家可還沒有像唐家那種人。唐家的人壞。」

羅家即李家；沈家為張家；楊家為黃家；唐家為孫家。四家相比，沈家只有守舊，不算太壞，唐家人在姑姑眼中最壞，對楊家、唐家瞧不起，羅家是無賴，倒是最喜歡，故拚了命填錢，沈家人愛無賴，胡蘭成在張眼中也是「無賴人」。

對張人駿的描寫也不少，寫他住的房子大，人口多，生活窮困，因為連做兩任總督，為官清廉，這都符合現實，然張也有自己的觀察：

她在這裡察覺到什麼別處沒有的，以後才知道是一種圓熟，真正的孔教的生活方式，總也是極近似了。可能是因為沈家世代都是保守的北方的小農民，不下田的男子就讀書預備科舉考試，二大爺就是中了舉的人。宦途漫漫，本家親戚紛紛前來投奔，家裡人也越來越多。現在由富貴回到貧困，這一家人又靠農夫的毅力與堅忍過日子。年輕人是委屈了，可是越沉底的茶越苦，到底是杯好茶。

他是同治七年（一八六八）進士，曾任翰林院庶吉士，散館授編修。歷任給事中、監察御史。光緒中葉，任廣西桂平鹽道，歷升廣西、廣東、山東布政使，漕運總督、山東巡撫、廣西巡撫等職。光緒三十三年（一九〇七）接替岑春煊擔任兩廣總督，威霸一方，是張家最顯貴者，可惜也是戰中逃跑。宣統元年（一九〇九）五月，調任兩江總督兼南洋大臣。宣統三年（一九一一），武昌起義爆發，革命四起，一向仇視革命黨人的張人駿及張勳頑強抵抗，最終未能守住江寧。最後張人駿逃進停泊於下關的日本軍艦，逃往上海，以遺老自居。民國十六年（一九二七）在天津逝世，卒年八十二歲。

張佩綸最初的翰林生涯十分清苦。他在給姐夫宗得福的家信中說：「長安居，頗不易……京秩無不高寒，而敝署尤為清苦，俸錢最薄。鹽關津貼，近俱未復，惟同年世好有外任者，相率為饋歲之舉，美其名曰『炭敬』。上至宰相、御史大夫，莫不恃此敷衍。冷官滋味，豈復可耐？」他的婚禮相當寒酸，「奉慈命已於前月畢姻，所費不過五兩，無煩借幾天錢。」這麼小的花銷，聽來讓人難以置信。

張佩綸天天給朝廷拍電報報告軍情，天天向各地催討援兵。六月初三日，李鴻章致函張佩綸曰：

> 敬悉移駐馬尾。獨當其衝，有辟易萬夫氣概，欣佩之餘，轉增危悚。不獨鄙心以為危，即清卿（吳大澂）之勇，席卿（錫珍）、仲山（廖壽恆）之漠不相關者，無不動色相戒。曼農（狄學耕）更垂涕而道，求為諫阻，相距過遠，又奚從勸阻之哉？法人立意敗盟。即炮攻船廠而毀之，萬一有此事，陸營槍炮不足制其死命，將何以處耶？雖電奏在先，而醇邸猶傳語勿冒險，亦愛才之甚矣。沅帥（曾國荃）滬議恐必無成，公須刻刻防備退步，為國愛身，以圖復振，而慰速懷，日夜企祝。

同一天，張佩綸致函粹玉：「兄現駐馬尾，看山飲酒、靜坐讀書，較在省尤適。」《澗于日記》記載著，被遣戍口外的次年，即光緒十二年（一八八六年）的三月初九，接到家書，他的妻子邊氏夫人（小字粹玉）已於頭一天病故，才一年，人事皆非。在悲痛與困頓中，愛才的李鴻章收留他，這恩情與知遇之情，幾人能夠。故他在《澗于日記》中，凡提及李鴻章，均稱「合肥師」，以示尊崇。可張佩綸心裡明白，如果成為李鴻章的女婿，非但不是仕途復起的資本，反而是阻礙。他曾告訴時為張之洞幕僚的樊增祥：「不婚猶可望合肥援手，今在避親之列，則合肥之路斷矣。」可見他對高攀的風險是知道的，李位高權重，敵人也多，成為他的半子兼繼承人，他的養子李孝定也將視他為眼中釘。張佩綸家窮，但凡有錢只會買珍版書，舊藏有定武本《蘭亭帖》：李菊耦酷嗜《蘭亭》，家藏神龍本《蘭亭帖》乃乾隆三十四年進士王秋坪原藏，帖後有翁方綱手書於嘉慶辛酉長文《神龍蘭亭考》，如今合二為一，可謂兼美。李鴻章特親筆書「蘭駢館」三字橫額懸之閨中，這成為張、李結親的信物，他並把日記署名為《蘭駢館日記》，稱菊藕為「內人」或「內子」，如光緒十八年壬辰四月初三日「晴，午後陰，夜聽內人彈琴」；十二月十五日「晴，在蘭駢館半日，與內人茗談遣悶而已」，「午後，與菊耦展舊藏畫卷觀之。菊耦以法黃石所畫《海市圖》及詩雄闊可愛。余則以《桃源》一幅為佳，笑曰：吾實畸人，卿其虎女也。」張佩綸自稱畸人，也就是歧異零餘之人，稱她為「虎女」，也就是女中英雄，虎父虎女，可見她酷似父親，有勇有謀，畸人配虎女，是女強男弱之意嗎？

張佩綸晚年由於官場失意，常自稱「生不如死」，只以酗酒解愁消磨殘生。這種情緒對李菊藕是很有影響的。父親李鴻章寫給女兒李菊藕的家書裡，總是勸她要開心一點「素性尚豁達，何竟鬱鬱不自得？憂能傷人，殊深惦念，聞眠食均不如平時，近更若何」。

張佩綸將購入張侯府的北樓作為夫人的閨房，並起室名「鷗園」，人稱「小姐樓」或「小姐繡樓」。莊園始建於清初，初稱張侯府，原係清初康熙年間雲南提督張勇的府第。而李鴻章在南京的住宅就在馬府街南側的五福巷，人稱「相府」，與「小姐樓」僅一牆之隔。如今位於南京白下路二七三號江蘇海事職業技術學院的東北角，有一幢方方正正的民國建築特別顯眼。這幢以青磚為主體、紅磚鑲嵌的兩層小樓，四周都有回廊，屋簷下都有雕花裝飾，樓前的石碑上刻著「張佩綸宅」的字樣，看來精巧，並不豪華，娶到這樣的妻子，理應顯貴，然不但沒有，還屢屢中傷，李家人看張家人並不順眼，這其中的恩怨情仇太複雜了。

沈家（張）人是北方的農民性格，以儒家思想為底，教忠教孝，還有耿直，較好的為諫官，較差的就是貪了，如「新房子」的六爺，應是張志潭（一八八四—一九三五），其父張佩緒（一八五〇—一八九九），為張佩綸弟弟，曾任安徽蕪湖道尹，他比哥哥早走，只活了四十九歲，張佩綸應該十分照顧他們，可惜弟弟死後三年他也走了，張家的擔子就落在已成年的張志潭身上，張佩緒長年居住在寧河縣蘆台鎮，人稱「張九爺」。

張家在蘆台附近之茶淀（今屬漢沽區）一帶有許多土地，一九三八年日本鐘淵紡績株式會社在此建鐘淵啟明農場，曾一次從張家徵地七萬多畝。張家在蘆台的堂號為「張鳳葉堂」，包括五間廂房、馬號、祠堂等，其母住在那裡，每年收租，看來跟哥哥張佩綸個性不同。張志潭中舉後，曾在清廷內務部供職。他長期居住在天津，雖為民國政要，卻以精湛的書藝聞名於世。一九二二年，張愛玲的父親張志沂便是透過張志潭謀到津浦鐵路英文祕書的差事。全家僑居天津，住在英租界的一處花園洋房裡，張愛玲在這裡度過了快樂的童年。而四爺或大爺即是張志潛。

張志潭，字遠伯，直隸（今河北）豐潤人，前清舉人。曾充任陸軍部候補郎中；一九一四年任綏遠道尹；一九一七年任內務部次長，同年段祺瑞執政時，任國務院祕書長，不久充任段祺瑞督辦參戰事務處機要處處長；一九一九年一月任陸軍次長；一九二〇年八月至一九二一年五月任內務總長；一九二一年五月至十二月任交通總長，財政整理會會長。皖系失敗後，張志潭隱居天津英租界新加坡道（現今大理道四號，為部隊招待所），為十樓十底三層平頂帶地窨子的磚木結構歐式小洋樓。主樓門前有高台階，門前兩旁有圓柱，樓前為院子，主樓後面有二層後樓，還有汽車房等。主樓樓下為張志潭活動的房間，包括大客廳、小客廳、書房、寫字間、餐廳等；二樓為夫人和子女的臥室等；三樓為儲藏室及傭人的住處；後樓為家屬及傭人的住所。張志潭有三位夫人，生有八個兒子（張允溪、張允伊、張允侃、張允何、張允倬、張允侯、張允任、張允什），二個女兒（張允倩、張允葆）。張志潭任內政總長、交通總長時，家裡有六名中餐廚師，一名西餐廚師。他喜愛京劇，經常請「四大名旦」梅蘭芳、程硯秋、荀慧生、尚小雲到家裡作客，請他們吃魚翅全席，聽他們清唱。張志潭與曾任五省聯軍總司令的孫傳芳、曾任江蘇督軍的齊燮元等來往密切。其晚年喜歡崑曲，與著名崑曲藝術家韓世昌、白雲生有來往。

一九三五年，張志潭半身不遂，請日本醫生治療，租李善人花園（今人民公園）房子養病。是年陰曆八月十五回家過中秋團圓節。節日剛過，病情加重，於陰曆八月二十日去世，享年五十二歲。張志潭故去後，其弟張志澂（曾任偽滿財政廳長）以其欠債為名，將他的大理道宅邸和漢沽茶淀的地變賣。

這就是《雷峰塔》中描寫的「新房子」，沈家當時被認為最有勢力的人，而帶給琵琶家莫大壓力，其中的老太太不僅管制琵琶父母的生活，也反對姑姑與母親出國留學，最後還趕跑父親的堂子小妾，在張的筆下，對新房子的人並無好感：

> 「新房子」是一所大洋房，沈六爺蓋的，他是北洋政府的財政總長。當時流行的是北京作官天津住家，因為天津是北京的出海港口，時髦得多，又有租界，萬一北洋政府倒了，在外國地界財產還能得到保障。沈家這一支家族觀念特別重，雖然是兩兄弟，卻按照族

裡的大排行稱六爺。家裡有老太太、兩位太太、孩子和姨太太。

這老太太是張志潭的母親，在張筆下老太太愛管事也愛問話，會說：「噯呀，老何，你都不知道我有多操心，將來叫我拿什麼臉見他母親？」何干也只是聽聽，因她跟琵琶的祖母素不往來，就是做做樣子。依照老規矩琵琶可能過繼給伯父，稱伯父為父，因此稱自己父母親為叔叔嬸嬸，他們見了六爺得磕頭：

> 六爺在樓下房間，端坐在小沙發上，琵琶跟弟弟給他磕頭，他傾身要他們起來。他蓄著八字鬍，很飽滿。
>
> 「十二爺好？」他問何干道。榆溪的大排行是十二。「見過老太太了？」除了這兩句再沒別的話，何干就帶他們出去了。

一九二八年一月，張廷重因為吸鴉片、嫖妓、與姨太太打架，弄得聲名狼藉，影響堂兄張志潭的官譽，張志潭被免去交通部總長之職。張廷重失去了靠山，只好離職，搬回上海。

張茂淵，一九〇一年六月十三日（光緒二十七年四月二十七日）生，這名字想必為張佩綸親取，這個中性又開闊的名字，蘊藏著父母對獨生女兒的期望，是既茂盛又淵博，她年輕時的長相像父親，高大的圓臉胖子，個性像李菊耦，沖淡又平和，真正頂著輝煌的家世，又嘗過富貴中人的生活，她在李菊耦的管教下一起生活了十二年，對母親應有深刻印象，母親是有才學的孤僻女子，張家生活簡樸，她的嫁妝也有限，應該很少提及過去，可能如此，張茂淵也很少提，「我姑姑對於過去就只留戀那園子。她記得一聽說桃花或者杏花開了，她母親就扶著女傭的肩膀去看……」然大家風範難掩藏，她哥哥只讀私塾，她卻念洋學堂，出國留洋也開風氣之先，跟當時的世家名媛一個個抽大煙搞浪漫大不同，她繼承父親的清簡與軸的脾氣，言語機智，也有母家的大氣，洋派。她繼承母親的家產，生活雖簡單，但出手很大方，為救李國傑，投入大筆家財，她才是真正的末代貴族。跟黃逸梵幾乎是一個樣，兩個有財產的女子立志過新生活，住在上海最時髦的公寓，月租可租一棟別墅。張愛玲生下時，家已敗了，張家又是省出名，自然是為錢緊張，像張茂淵這種身家，自然不好找對象，她也把單身生活過得精采，上班、做股票、偶爾下廚，穿著華服到舞廳跳舞，母親的首飾都留給她，她在鞋子上鑲鑽石，穿緄著貂毛的裙子。

她既被當男孩養，就不願守成規受拘束，她的學經歷比黃逸梵好，見識也多，她更有超乎一般人的眼光與膽識，傾家財救李國傑，就認為是張家該回報李家的，這種想法實在無理，但也有理，她明知李家人是「無賴」，還是願意搭上去，這跟張佩綸的知恩圖報很像，後來張愛玲與蘇青搭救胡蘭成（另一個無賴），也有風塵知己之恩，英雄美人之情，這些對張愛玲是有極大影響的。

張茂淵喜歡黃逸梵，因黃有膽量，可以讓她更大膽，張家人有種懦弱，就是愛逃避現實，這缺點在張廷重、張子靜身上延續著，然張家也有種鄉下人的硬氣，軟硬不吃，一旦認定就一路「軸」下去。張茂淵可以苦等李開第五十年，在文革期間為他吃盡苦頭，令我們想到李家與張家的英雄美人傳奇的延續。跟黃逸梵相比，黃的精力都花在自己與交際上，看人尤其沒眼光，找的對象連女兒也看不過去，就連自己女兒的天才也看不出，她誰也看不上眼，永遠地訴苦埋怨，就是一般少奶奶的通病，身體解放，思想並沒解放。在見識上，張茂淵還是寬闊許多。但張家人摳省，一毛不拔，至少不占人便宜，自從張廷重娶了孫用蕃，四處要占便宜，還搬到大爺張志潛小閣樓強住，這對夫妻越摳省越窮，越發斤斤計較，張愛玲自然手裡沒錢，她對父親、弟弟應該有愛，母親在她四歲出國，父親的小妾搬進來，一個妓女帶著媽媽、養子，生活跟一般人沒太大不同，還想方想法巴結她，她成為她近身觀察妓女的對象，因而愛看《海上花列傳》、《野草閑花》，找到書寫的重要泉源，一是高級交際花，一是從良的妓女，有時這兩者分際並不清楚，如〈連環套〉的霓喜，〈小艾〉中的憶妃老九，〈第二爐香〉的葛薇龍……相同的是她們追求愛與被愛，跟大太太相比，她們似乎更有趣，且更富於生命。

母親走了，她還有何干、弟弟，父親對她也還不錯，她的古文教育是父家給的，他給她請了私塾老師，跟表哥、表姐、弟弟一起上課，古文寫作，她總是第一個交卷，在念書上，她較接近張家人，智商高，也有一隻如祖父的刀筆，在個性上混合著張家的「硬」、「軸」，黃家的「勇敢」，李家的「慧眼」、「機智」，但這要靠愛人才能慢慢引出來，母親與姑姑回來，她瘋狂地愛上這兩個摩登女性，明顯地倒向她們，這激怒父親，被關押半年，這大大損壞她正在發育的身心，此後得昏眩病，併發沮喪，常躺在床上不吃不喝好幾天，可能也因此有「把自己關起來」的重複行為，原本還有一點嬰兒肥的她，自此長成「鷺鷥」。在生死一線中她冷靜地逃向母親，這勇敢是黃家的，但在母親眼中，她一無是處，母親沒有養她的義務，且常在戀愛中，這等於搬石頭砸自己的腳，張也處處小心，低聲下氣，受委屈也不敢說，只想著趕快賺錢還母親，但過於「硬」與「軸」的她，並不了解母親並不要她還錢，母親常嫌東嫌西，主要是女兒不像自己，也不像黃家人個個漂亮，她對弟弟的女兒可說十分疼愛，還想過帶她們出國，還幫她們找到好對象。

這個女兒，太高太瘦，只會念書，還是生活白癡，她曾想改造她成西式淑女，讓她學彈鋼琴、畫畫、英文，但她不會洗米，常找不到開關，話少到幾乎沒有，社交能力更別說了，只有念書可以，但她沒替女兒找對象，這有點奇怪，總之關係很彆扭而不親密。

美麗風流的黃逸梵鼓勵女兒受教育，卻完全看不出她的文學天才，只有姑姑懂得這個姪女，母親不在時，跟她同住，介紹周瘦鵑推她上《紫羅蘭》，也偶爾參加她的文學活動，還動筆幫她寫評。生活上的照顧更是不用說。她就是愛才識才的人，也崇尚西方人的獨立與尊重隱私的精神，姪女與漢奸相戀，她不一定認同，然而也不干涉，這不容易。

張愛玲最愛姑姑，姑姑也最懂她，晚年時還叮嚀她「過去的事不要再想」，姑姑的人脈廣朋友多，張愛玲的成名有一半要謝姑姑，姑姑幫她與周瘦鵑牽線，又在家裡招待她，她初寫劇本，不喜文人的張茂淵還幫她寫了推薦文，跟姑姑住的十年，是她一生最得意最光彩奪目的時期，張愛玲曾說：「亂世的人，得過且過，沒有真的家。然而我對於我姑姑的家，卻有一種天長地久的感覺。」姑姑語錄中還自嘲「文武雙全，文能夠寫信，武能夠納鞋底」。

談到孫家，孫寶琦的一眾女兒中，除了大姐孫用慧之外，就屬孫用蕃最出色。她不僅生得十分好看，從小接受的教育也幾乎是當時最好的，無論相貌還是才幹都是上海灘中的名流，趙四、陸小曼等人都是她要好的閨密。當時上海灘的幾個豪門名媛，張茂淵算頭一個，黃素瓊也是一號人物，主要她們有留洋經驗，外語好，其他如盛家小姐，算是有錢，浪漫史多，嫁的也是豪門，陸小曼有才氣出鋒頭，趙四風流周五狂，都沒太多文化，孫家小姐則個個抽大煙。張茂淵在其中算是「清流」，一來她是留學生，又是工作女性，也沒什麼緋聞，保持單身一直到七十幾歲。

她只有一樁美事，就是與李開第的世紀之戀，為人們津津樂道，張愛玲也大為感動。

李開第生於上海閔行，一九二四年畢業於南洋公學（後稱上海交通大學），因獲公費留學生獎助前往英國曼徹斯特留學。一般傳說他們在船上結識，李還為她誦詩，後因李嫌張是李鴻章之外孫女而不願高攀，這些都有違情理，張李個性低調不浪漫，講究理性開明，不太可能有此誇張情事。根據較可信的李開第之女李斌所述，李開第與張茂淵真正結識是在留學結束後。一九二七年底回到上海後，李開第在英國人創辦的安利洋行工作，經朋友介紹結識了張茂淵，成為好友，他們年紀相仿，背景經歷相似，格外聊得來。一九三二年九月，李開第在大華飯店舉辦了婚宴，張茂淵還充當了女儐相，如果有不願高攀之說，怎會肯當女方的伴娘？之後李開第一家和張茂淵交往頻繁，李斌自小喊張茂淵為「張伯伯」，在解放前後那幾年，張愛玲、張茂淵與李開第有過一段緊密的愉快時光。李開第常去靜安寺的常德公寓看望姑姪二人。每逢李開第登門造訪，張茂淵都讓張愛玲出外買李開第最喜歡的臭豆腐來招待，當時李開第有車、有司機，經常載著她們出去吃飯、喝咖啡，友誼十分溫馨，後來自然成為張愛玲的監護人。張茂淵眼高於頂，如此高待，可說少見，而她看人的眼光比黃素瓊、張愛玲好多了。

那時她已三十幾了，一直未婚。一九六五年，他們六十五歲，李開第喪妻，在文革中又被打成「右派」，那時沒人理他，女兒遠在廣州，兒子自殺，對他來說雪上加霜，在這段期間，張茂淵無微不至地照顧他，教他做家務、打掃廁所、打掃衛生等，加上女兒李斌變賣首飾、弟弟妹妹提供錢財，才熬過這十年困苦。

一九七九年，李開第獲得平反，在女兒的極力支持下與張茂淵結婚。「他們住在一起，不是孤單單的老人了，有個伴能互相照應，挺好的。」李斌說。他們七十九歲才結婚，此後婚姻美滿，張茂淵沒看錯人。八〇年代初，張茂淵與張愛玲取得聯繫，經常書信往來，後來因張茂淵身體不好，給張愛玲的信都由李開第執筆。張愛玲將她的著作的大陸版權委託給李開第處置，所得稿酬也贈與二老，同時多次從美國匯款回來接濟二老的生活。

一九五二年，張愛玲離開大陸，一九五五年赴美國。在香港期間，張愛玲發表了《秧歌》、《赤地之戀》，成為「反共作家」，此時大陸政治氣氛已趨緊張，一連串的政治運動，因此張茂淵和張愛玲約定不再通訊。之後兩人二十餘年未聯繫，直到一九七九年才重新聯繫。但到去世之前，張愛玲未再見到張茂淵、李開第。

收到姑姑的信，張愛玲的回信非常感慨：「我真笨，也想找你們，卻找不到，想不到你們還在這個房子住」。房子是黃河路上的長江公寓，張愛玲與姑姑十年共同生活的最後居所。

姑姑寫道：「我一直對你的生活狀況很不放心，近來好像惡化了，最大問題是睡眠，你一定要設法鎮靜些，獨自一人生活，我也有體會，不過我知道你的思想比我複雜，但周圍既無可深談的人，就得靠自己」。她又提醒愛玲，如果打字較省時，不妨用英文來信。

雖然張愛玲已與世隔絕多年，但她仍關心姑姑，信中問候「姑姑可好」，還說「讓我能做點事，也稍微安心點」。

一向情感不外露的張茂淵晚年變得熱情：一九七九年九月底，即農曆八月十九，是張愛玲虛歲六十生日，她專程用航空郵簡寫信賀喜：「你今年是『六十大慶』了，過得真快，我心目中你還是一個小孩。」這樣的詞句，如春風拂過張愛玲蒼涼的心頭，一定格外煦暖。

恢復通訊不久，張愛玲打算給姑姑寄點錢，來信跟宋淇商量數目。宋以朗解釋：「匯少了不合適，匯多了，又擔心政治形勢還會有變化，連累姑姑。」最後商定將當時大陸的人均工資乘以六，給姑姑寄去相當於半年收入的一筆匯款。

一九八三年秋，完成國語本《海上花》後，張愛玲發現寓所有跳蚤，因此被迫搬家，流浪於洛杉磯市區與城郊的各汽車旅館之間，直到一九八八年初找到良醫治癒毛病，才敢租住公寓。在流徙的三、四年間，張愛玲情緒消沉，只跟宋淇夫婦保持通信，從一九八五年起，連姑姑都無法跟她聯絡上。宋以朗的檔案中存有姑姑一九八七年初寫給宋淇的求助信，語氣懇切而焦急。「可否請先生把愛玲最近的通信地址見示，並轉告她急速來函，以慰老懷。我已八十五歲，張姓方面的親人，唯愛玲一人而已。」

信中還唯恐冒犯，她真是急了，才有「素昧平生，冒失上書」以及「尊址是柯靈同志告知」等語。其實，姑姑自己在第一封信中也解釋了地址來源：「今天這地址是你二表姐叫她兒子送來給我的」。張愛玲的二表姐叫黃家瑞，筆者曾採訪過她，她嫁給警官，是張小燕媽媽，也是張黃兩家海外聯繫人，非常熱情，她可能是託親屬從台灣文藝界問得地址的。

之前張愛玲一直去信，在宋以朗手中有兩封給斌的信，宋一直覺得納悶，不知斌為何人：

Uncle K.D.,

您這一向好？我八月下旬的信想已收到。煐

「煐」是張愛玲的本名。K．D即張愛玲於香港念大學的監護人，後來成為張愛玲的姑父李開第。宋以朗說。

第二封致「斌」的信稍長些。在一張小小的、印著百合花的對摺賀卡上，張愛玲用黑色水筆從右到左豎寫著幾排圓拙的字：

斌，

路遠迢迢寄這麼個小錢包給個大音樂家，太可笑。請原諒我心目中永遠拿你當個

十一、二歲的小女孩，給 Uncle K.D. 買個小皮夾就順便買個給你。祝近好。

斌就是李開第的女兒，張愛玲當年見到她還是小孩，現在已是音樂家，殷勤照顧生病的姑姑。

一九八四年，婚後五年，張茂淵罹患乳癌，李開第不願讓她知道。她已八十三歲高齡，不能放射或化療，因此找到一位資深癌症專家，決定採取保守治療：一發現任何地方有小粒塊，即做手術去除。這是小手術，兩三天便可出院。這樣的小手術一共做了四次，手術做得乾淨漂亮。病榻前，李端茶送水，殷勤備至，張愛玲苦求不得的「歲月靜好，現世安穩」，只能實現在張茂淵身上。

從一九八五年起，張愛玲便被「蟲患」追攆得無處可遁，顧不上姑姑。一九八七年初，張茂淵寫信向宋淇求助，張茂淵手顫抖，字體彎曲如蚯蚓，善解人意的李開第遂以正楷謄抄。他的呵護，無微不至。

一九八七年，張茂淵的癌症一直是個陰影，李開第無法知道癌細胞是否擴散，他獨自擔憂著，一九八九年春節，李開第攜張茂淵到廣州女兒家過年，她第一次品嘗到尋常人家的溫暖。二月底，張茂淵癌細胞已擴散至肺部。醫生告訴李開第的女兒：準備後事。李開第要求全家統一口徑，只說是肺氣腫，原來她還一直被瞞在鼓裡。在廣州，李開第帶張茂淵到處遊山玩水，一對銀髮夫妻形影不離，惹人注意。他們於六月回上海。打聽到一名醫，他獨家發明研製用蛇毒治癌，療效不錯。自此他隨身必備蛇毒藥。每到她身體不適，他親換膏藥，按摩，說笑，將病痛減輕到最低程度，因此延年了兩年三個多月，廣州醫生說：「這是愛情的力量。」

一九九一年六月九日，張茂淵九十歲生日，李開第特地為她舉辦小型生日晚會。當吹完蠟燭，吃完蛋糕後，張茂淵便發病。他急餵她蛇毒藥，這時已無法吞服，進入昏迷，一週後便離世了。

一九九一年六月，李開第寫信給張愛玲，第一句便是：「請你鎮靜，不要激動，報告你一個壞消息。」信中敘述，兩年多前西醫已宣告無法治療，李開第請相熟的醫生以蛇毒給藥，自己也盡心服侍，張茂淵因此「帶病延年了二年三個多月。雖經常覺得頭眩胸悶，我每日給她換膏藥和按摩，總算沒有疼痛的苦」。信的結尾再次強忍哀慟，請愛玲「不要悲傷，身體保重」，多麼溫柔善體人意。

這裡說明一件不可能的愛情傳奇，兩人相識六十餘年，剛開始是君子之交，之後是患難之交，因後輩做主結婚，過了十一年美滿婚姻，是生死之交了。張茂淵一生，身分貴為豪門之女，卻獨立自主，富不淫，貧不賤，除了文革過得稍苦，到老福壽全歸，情緣美滿，就這些她比黃素瓊、張愛玲、李菊藕幸福多了，她最懂得付出，結果得到最多，李鴻章張佩綸交織的才子佳人血統，在她身上完成，這跟她的胸襟智慧有關嗎？

我姑姑說話有一種清平的機智見識，我告訴她有點像周作人他們的。她照例說她不懂得這些，也不感到興趣——因為她不喜歡文人，所以處處需要撇清。可是有一次她要這樣說了：「我簡直一天到晚的發出沖淡之氣來！」

母親回國那兩年，是張愛玲最開心的日子，母親找了洋房，裡面布置有沙發、地毯、鋼琴，父親在戒毒，開銷很大，但父親不願拿錢出來，要讓她花光積蓄出不了國，衝突越來越大，過一年，母親執意離婚，把她送進小學，接著又出國了，她回父家，開始有人幫父親找對象，十三歲時，父親與軍閥之女孫用蕃結婚，這件婚事讓她真正覺得家庭失能，之前母親來來去去，她已習慣，然有了後母不一樣，這個抽大煙的成熟女人，跟以前無權的小妾不同，夫妻一起抽大煙，花錢如流水，其他更加摳省，最不能忍受的是，弟弟常挨打，而且逆來順受，她曾喜愛的漂亮弟弟，如今成了討人嫌的窩囊廢，最後還密告她。她不能原諒他的背叛，自此對他冷淡。

在母親這邊，她努力地想到英國去，考試申請都通過了，無奈戰爭發生，如果她跟著母親一起到英國，或許成為學者或作家，或許關係還不致破裂，母親為她找的對象也是家世好，她這種出身是不能跟小戶人家結婚，或當漢奸的妾。就因為戰爭，她去了香港，離了母親，她更是她自己，港大生活應該是得意的，成績好，寫文章〈我的天才夢〉參加西風獎，原是第一，後因文長超過字數，只得十三。令人訝異的是此文，文字漂亮，意匠新奇，這幾年來只讀英文寫英文的她是如何中文快速成長？跟炎櫻有關？有了密友的她，靈感源源不絕，一個天資聰穎的混血女子，跟她一樣熱中畫畫、打扮，言語機智，勇敢積極，風流有才，這簡直是「姑姑嫂嫂」合體，她崇拜她，她喜歡她，連母親也發覺了。

一九三九年對她而言是重要的一年，繼散文得獎，老師因她成績優異給了她一筆獎學金五百元，母親剛好來香港，她第一次拿到的最大筆錢，巴巴地送到母親手中，母親一夜就賭光了，這件事對她打擊太大了，給母親錢是報答也希望母親另眼看待，然而母親一點也不在意她的感受，母親似乎也變得不一樣，這次母親來帶了一群人，有母親的男友，還有一群在國外交到的新朋友，感覺都不是什麼正經人，她一直在往上爬，母親卻一年不如一年。

她對母親的崇拜自此不再，情感轉向炎櫻，她也漸漸懂得打扮，只是手上不寬裕，只買幾呎香港的土布，她愛看布料，土布的大花有如印象派的畫，經歷過香港之戰，她覺得她在大時代大劇變中，在精神上弒父的她，心理上生出咬斷臍帶做自己的想法。

她要快速成名，回到上海插入聖約翰大學中文系，讓她回到中文世界，她先以英文投稿，主要是散文，再以中文小說投到《紫羅蘭》月刊，一個二十出頭的出洋女子，對洋人寫自己與中國，又以中文寫香港故事，賣的是異國風情，一種奇觀，從東方主義的角度來看，那些他者更是他者，她的凝視常是既超然又能入內，因主體永遠不在。出身洋務家庭的她，對中國既愛又恨。

一下筆就停不住，她發現她的文字變得更好，也發現這些是天生的才能，一種天才的自覺，自然是「成名要趁早」，二十三歲她的名字出現在各種刊物，一下子英文，一下子中文，寫散文也寫小說，二十四歲就出了小說集《傳奇》、散文集《流言》，書賣得沒蘇青好，但光稿費就足可分攤房租，買布料做衣服，屯積紙張，她也成為報刊雜誌邀約的對象，炎櫻跟著她一起出席，幫她打理頭髮、衣服、造型。拿下眼鏡拍照，照片中的她有著獨特的美，她是從照片中發現自己的美，她愛照相，很挑攝影師，好的攝影師能拍出她的美，現今看到的照片很少失敗的，原因是她碰到對的攝影師特別上照。

這一年，胡蘭成在蘇青主編的《天地》雜誌看到〈封鎖〉，驚豔於她的才氣，向蘇青打聽地址，前去拜訪，那時的張愛玲已不太見人，他留下地址與紙條，張愛玲知道是他便回訪，兩人自此開始交往。張雖無政治立場，對汪精衛政權似無反感。她的姑姑為搭救李國傑傾其所有，這人傾日，那時日本人正準備請李國傑出任中華民國維新政府領導人或交通部長。軍統遂策劃暗殺李國傑。也就是國民黨暗殺親日的李國傑，是張家的仇家，因此胡蘭成被抓時，她也同蘇青搭救他，這對姑姪的心是一樣的，視親日的胡蘭成為自己人。胡蘭成的口才、頭腦，在當時的她看來是「一流」，可能浪漫愛就是這樣，必須把對方放到神壇，不考慮現實的部分。

以現實條件來說，胡這是高攀，不過自從李家開了下嫁之風，這也無不可，他已結三次婚，出身貧寒，第一任老婆死時，他沒奔喪，第二任老婆他沒放棄，第三任老婆小歌登報離婚，好像跟張佩綸有點類似，事實上差很多，張年少得志，與他結親的都是高官大家閨秀，他的第二任妻子邊粹玉過世後，她才娶李菊藕為繼室。而胡的感情一向是隨性而為，草草分手為多，他前妻沒斷乾淨，與張愛玲同時，有了小周與范秀美，讓張傷心欲絕，「那痛苦像火車一樣轟隆轟隆一天到晚開著，日夜之間沒有一點空隙，一醒來它就在枕邊，是只手錶，走了一夜。」因他的毀信背約，她早存分手之心，一直等他狀況稍好才去一封分手信，並寄上一大筆錢。

胡雖自稱為理學家，以復古為名，並談禪入佛，修為卻不在方圓之內，如以其成就，書第一，文第二，學理修為其次，張胡結婚到底算不算數？至少母親是不知道的，她一九四六年回國時，張正與桑弧交往，在《小團圓》特書戀愛情節，似乎是有意為之，從一九四五年的八月至一九四七年的四月，張愛玲幾乎沒有發表文學作品。柯靈在〈遙寄張愛玲〉一文中，提到當時的張愛玲「內外交困的精神綜合症，感情上的悲劇，創作的繁榮陡地萎縮，大片的空白忽然出現，就像放電影斷了片」。

第十一課

張愛玲的考題
——《小團圓》分析

大考的早晨，那慘淡的心情大概只有軍隊作戰前的黎明可以比擬，像《萬夫莫敵》裡奴隸起義的叛軍在晨霧中遙望羅馬大軍擺陣，所有的戰爭片中最恐怖的一幕，因為完全是等待。

快三十歲的時候張愛玲總想著如何通過考試，一大堆寫也寫不完、答也答不出的考題，讓她好急好急。

五十五歲的時候，她好不容易找到解題方法，但卷子沒交。

死後十幾年，卷子曝光了，成為一樁難解的公案。

一樁樁像自家人的作家自爆私密之事，相關的人又是至要與有名之人，光是點兵點將就扯出一大堆名人，能不興頭嗎？性愛描寫得如此活靈活現，能不驚嚇嗎？有人說寫得不好；有人說寫得極好，我認為應視為特例，做個案處理，因為它是《易經》的一部分，應整部書看完才能評，這本書是被激出來的「奇品」，所以不能評得太正式。

她想以小說筆法寫自傳，反《今生今世》一切都好的說法，她要自己詮釋自己，而且個個掐在倫理學上，愛、恨、幸福、幻滅、性、危機……也就是道德的兩難。徐林克（Bernhard Schlink）《為愛朗讀》以輕巧的方法探討兩代人對納粹的看法，頗為動人；張的《小團圓》也以輕而跳的方法探討兩代人對愛情與漢奸的看法。

一切在潛意識底下進行，所以寫得影影綽綽，人性的黑如猜忌、復仇、背叛、淫亂與人性的微光如天真、付出、犧牲一明二暗相輝映。

她的人性觀與創作美學是採「一明二暗」的寫法，前面寫港大的學生宿舍「這些板壁隔出來的小房間『一明兩暗』」，一明二暗是房子的隔間，也可是一種空間與人性隱喻，一般公寓型三開間的房子，都是以一明二暗的形制呈現，明的是開放的公共空間，暗的是隱祕的私人空間；明也是可見的事物表面，暗是看不見的心靈側影。為什麼是二暗？也就是暗大於明，倍於明，一明是一切事物帶有的希望面，一暗是人性本身的陰影面，二暗是小說家的心靈暗影，也就是創作者擅長的猜忌與推測，讓事件不清晰且布滿小陰影：如她書中所說：

回憶不管是愉快還是不愉快的，都有一種悲哀，雖然淡，她怕那滋味。她從來不自找傷感，現實生活裡有得是，不可避免的。但是光就這麼想了想，就像站在個古建築物門口往裡張了張，在月光與黑影中斷瓦頹垣千門萬戶，一瞥間已經知道都在那裡。

在這座回憶的古建築中，被月光與陰影充滿，連在狂喜時有強光也有陰影，在淺水灣飯店看母親回來「對海一只探海燈忽然照過來，正對準了門外的乳黃色小亭子，兩對瓶式細柱子。她站在那神龕裡，從頭至腳浴在藍色的光霧中，別過一張驚笑的臉，向著九龍對岸凍結住了。那道強光也一動都不動。他們以為看見了什麼了？這些笨蛋，她心裡納罕著。然後終於燈光一暗，撥開了。夜空中斜斜劃過一道銀河似的粉筆灰闊條紋，與別的條紋交叉，並行，懶洋洋劃來劃去。不過那麼幾秒鐘的工夫，修女開了門，裡面穿堂黃黯黯的，像看了迴腸盪氣的好電影回來，彷彿回到童年的家一樣感到異樣，一切都縮小了，矮了，舊了。她快樂到極點」。那時她對母親還有愛。全篇光與影的描寫很多，像電影中的燈光技術，它能改變作品的底色，增強人性的層次，內心的寫照，還有氣氛。轉場也更為自由，有許多蒙太奇剪接，跟她早期重視色彩已有不同。

在結構上夾雜著三個家族的故事和一樁離奇的華人殺妻命案，這簡直是推理小說的故布疑陣了。小說結構也採一明二暗的結構：明寫盛家，暗寫卞家、竺家：明寫九莉，暗寫三姑二嬸：明寫之雍，暗寫燕山、緒哥哥；明寫異性戀，暗寫同性戀、雙性戀、亂倫……考據古典小說近二十年之後的張，已是學者型作家，對於古典小說的明暗、映襯、夾縫、閃躲技巧可說十分偏愛，它讓小說難讀，但更耐讀。

在一個沒有恥感的時代，作家寫出她的恥感，或對恥感也麻木的感覺，她的良知不斷檢視過往的一切。

我們看到的是不斷在解題不斷被當掉又不斷補考的張愛玲。

第一個難解之題是母親，她對九莉有愛嗎？

母親來香港看她，看來是順便，主要是釣金龜婿，結果被項八小姐搶了去，於是又搭上一個英國軍官，這小情人疑似密告母親是間諜，母親總在心煩意亂中，沒有休止的剪不斷理還亂的戀情，對女兒毫不經心，沒問她的功課生活也罷，最讓九莉難過的是，母親把她好不容易得到的獎學金賭掉了，對照外國男老師對她的關愛，這是怎樣的母親？偏偏老師被炸彈炸死了，九莉更加難過，因為那筆錢是「最值錢的錢」。

母親不愛她。這是明筆。

母親也不能說完全不愛她，否則為什麼在蝕本下還願資助她？又託人照顧她？又為什麼愛管她的事：

從檢查過體格，抽查過她與燕山的關係，蕊秋大概不信外面那些謠言，氣平了些，又改用懷柔政策，買了一只別針給她，一隻白色琺瑯跑狗，像小女學生戴的。

九莉笑道：「我不戴別針，因為把衣裳戳破了。二嬸在哪裡買的，我能不能去換個什麼？」

她用二度蜜月形容母親來香港看她，一度蜜月是母親第一次回國她九歲那年。母女相見像約會，都在飯店，而且夾著許多第三者，讓九莉永遠在吃醋中。

母親一共回國四次，分別是九歲、十七歲、十九歲、二十八歲，第一、二次像蜜月一樣甜，第三次女兒對母親死了心，二十八歲還錢。就這四次母女會是小說主線，但卻是從死心的第三次切入。

分別九年，聽到風聲，母親跑進浴室檢查女兒身體，又檢查不出來，張胡之戀把母親瞞死了，只有謠言，這讓她放了心，知道她跟漢奸在一起還得了？

母親不懂愛，更不懂女兒，只當她是小孩。

但母親死前懇求見她一面。

這些小陰影都是暗筆。在明暗間閃爍的人性。處處充滿矛盾與辯證關係，這是明暗對比。母親不愛她，但為什麼不愛她？

她花掉她許多錢，又是拖油瓶，最關鍵是搶了她的男人，尤其那德國醫生，母親當著她的面說：「反正你活著就是害人，像你這樣只能讓你自生自滅。」這是她找到的理由。總之母親認為她一無是處，除了頭圓之外，是個醜小鴨，又是笨，又是板板的，認為這個女兒沒多大出息。種種精神虐待讓她想死：

她想到跳樓，讓地面重重的摔她一個嘴巴子。此外也沒有別的辦法讓蕊秋知道她是真不過意。

因此她一定得還她錢，一定要復仇。

矛盾的是母親也為她犧牲很多：

九莉終於微笑道：「我一直非常難受，為了我帶累二嬸，知道我將來怎樣？二嬸這樣的人，到白葬送了這些年，多可惜。」

蕊秋頓了一頓，方道：「我不喜歡你這樣說——」

「『我不喜歡你，』句點，」九莉彷彿隱隱的聽見說。

「——好像我是另一等的人，高高在上的。我這輩子已經完了。其實我都已經想著，剩下點錢要留著供給你。」這一句捺低了聲音，而且快得幾乎聽不見。「我自己去找個去處算了。」

她愛母親，但母親給她的愛太少，傷害太多太深，讓她至死都不願去看她。

母親為什麼會變成這樣？

母親的童年不快樂，結婚更不快樂，初戀又失敗，她為簡煒離婚，對方另娶他人，跟姑姑共愛一個男人，鬧到後來感情不好了，母親看來不只是同性戀，還是雙性戀，情史輝煌，但也傷痕累累。

還有錢，女兒逃出來投奔已離婚的母親，吃她的老本，這種事真為難；母親被姑姑虧錢傷了感情，女兒託給她等於是還錢，因為姑姑欠母親錢，也欠著情分，真要花母親的錢看來也不甘心。把錢看得很重的家族，為錢翻臉是常事，花母親的錢讓她覺得痛苦，寧願出去也不要向母親要錢。

一文錢逼死英雄漢，更何況女輩。

打胎打得身體不好，又在更年期上，九莉替她想了種種理由：

九莉跟比比講起她母親，比比說也許是更年期的緣故，但是也還沒到那歲數。後來看了勞倫斯的短篇小說《上流美婦人》，也想起蕊秋來，雖然那女主角已經六、七十歲了，並不是駐顏有術，儘管她也非常保養，是臉上骨架子生得好，就經老。她兒子是個胖胖的中年人，沒結婚，去見母親的時候總很僵。「他在美婦人的子宮裡的時候一定很窘。」也使九莉想起自己來。她這醜小鴨已經不小了，而且醜小鴨沒這麼高的，醜小鷺就光是醜了。

當美婦人的醜小孩，那窘想必更糟。

母親是風流美婦人，而九莉自比醜小鷺，對母親有著自慚形穢。蕊秋看來有愛癮，視每個女人都是假想敵。姑姑、項八小姐、愛老三、翠華、九莉……她只愛她自己。

終於還母親錢，但有比較好嗎？

九莉以為還錢，可以要回自尊，或者提醒她自己的傷害有多深，但母親誤會了：

蕊秋流下淚來。「就算我不過是個待你好過的人，你也不必對我這樣。『虎毒不食兒』?!」

九莉十分詫異，她母親引這南京諺語的時候，竟是余媽碧桃的口吻。

在沉默中，蕊秋只低著頭坐著拭淚。

她不是沒看見她母親哭過，不過不是對她哭。是不是應當覺得心亂？但是她竭力搜尋，還是一點感覺都沒有。

蕊秋哭道：「我那些事，都是他們逼我的——」忽然噤住了沒說下去。

因為人數多了，這話有點滑稽？

「她完全誤會了，」九莉想，心裡在叫喊，「我從來不裁判任何人，怎麼會裁判起二嬸來？但是怎麼告訴她她不相信這些？她十五、六歲的時候看完了蕭伯納所有的劇本自序，儘管後來發現他有些地方非常幼稚可笑，至少受他的影響，思想上沒有聖牛這樣東西。——正好一開口就給反咬一口：「好！你不在乎？」

一開口就反勝為敗。她向來「夫人不言」，言必有失。

因為不會說話，還錢反而變成譴責，她的愛是跟錢綁在一起的，花所愛的人的錢為滿足，還錢就是分手，不喜歡欠錢的感覺。

暗筆在於就讓她誤會，就趁此了斷，因為兩個人的相處實在太讓九莉痛苦，母親總是強勢，她永遠是挨打的份。其實她嘴甜一點跟一般女兒說：「這是我賺的錢給你用！」不就得了。

不僅嘴硬，還心壞：

> 她逐漸明白過來了，就這樣不也好？就讓她以為是因為她浪漫。作為一個身世淒涼的風流罪人，這種悲哀也還不壞。但是這可恥的一念在意識的邊緣上蠕蠕爬行很久才溜了進來。
>
> 那次帶她到淺水灣海灘上，也許就是想讓她有點知道，免得突然發現了受不了。
>
> 她並沒想到蕊秋以為她還錢是要跟她斷絕關係，但是這樣相持下去，她漸漸也有點覺得不拿她的錢是要保留一份感情在這裡。
>
> 「不拿也就是這樣，別的沒有了。」她心裡說。
>
> 反正只要恭順的聽著，總不能說她無禮。她向大鏡子裡望了望，檢查一下自己的臉色。在這一剎那間，她對她空濛的眼睛、纖柔的鼻子、粉紅菱形的嘴、長圓的臉蛋完全滿意。九年不見，她慶幸她還是九年前那個人。
>
> 蕊秋似乎收了淚。沉默持續到一個地步，可以認為談話結束了。九莉悄悄的站起來走

了出去。

到了自己房裡，已經黃昏了，忽然覺得光線灰暗異常，連忙開燈。

時間是站在她這邊的。勝之不武。

「反正你自己將來也沒有好下場，」她對自己說。

她很愛母親的，就像小情人一般斤斤計較，只因為她們的個性差太多，瞭解太少，傷害太深，關係緊張得令人想逃。讓她們都做了最壞的母親與女兒。

姑姑是愛她的吧？

姑姑收留了她，還包小籠包給她吃，為救她出來讓父親打破眼鏡，還傷了臉。所以別人問她喜歡二嬸還是三姑，她答姑姑，因為姑姑得罪不起，雖然母親因此不高興。就像愛老三問她喜歡母親還是她，她回說愛老三，也是因為得罪不起。她知道真話說不得。

但姑姑也不是省油的燈。

姑姑的情史不亞於二嬸，她還可能是母親情欲的開發者，從十五歲就纏著二嬸不放，又有個德國醫生、緒哥哥，結果九莉還是不小心搶了她喜歡的男人緒哥哥。

所以對姑姑客氣一點吧！姑姑對她也很客氣。住她的房子要付房租、飯錢、不能隨便留客，留客也不留飯。跟情人約會只能偷偷摸摸，不留飯，邵之雍給錢之後，想必也給姑姑一些，才加了菜。

她們家的人有話都不直說，母親的事她自己不說，都是姑姑說，姑姑的事也是她自己說，她相信姑姑說的，但都是真的嗎？這些都是暗筆。

她曾喜歡過九林，但九林愛繼母翠華。

九林是母親跟誰生的孩子？作者強調他的長睫毛後，突然由蕊秋帶出一句：「乃德倒是有這一點好，九林這樣像外國人，倒不疑心，其實那時候有那教唱歌的義大利人……」，怪不得他到處被欺侮，九莉曾心疼他，想著賺了錢要救弟弟出去，但他老向父親告狀，以至姐弟越來越疏遠。

九林被長期家暴變了樣，他愛母親，母親不要他，只有巴結繼母，讓九莉很不過眼。母親總把他擋在門外，這是一暗；她又念頭一閃「他愛翠華」，這是二暗：

九莉想道：「他愛翠華！」

然她也能懂。只要有人與人的關係，就有曲解的餘地，可以自騙自，不像蕊秋只是一味的把他關在門外。

九莉曾經問他喜歡哪個女明星，他說蓓蒂．黛維斯——也是年紀大些的女人，也是一雙空空落落的大眼睛，不過翠華臉長些；也慣演反派，但是也有時候演愛護年輕人的女教師，或是老姑娘，為了私生子的幸福犧牲自己。

「你為什麼喜歡她？」她那時候問。

「因為她的英文發音清楚。」他囁嚅起來，「有些簡直聽不清楚，」怕她覺得是他英文不行。

實則九莉對九林是充滿疼惜之情的，常替他難過替他感到窘。

比比愛九莉？

她跟比比的關係對應著三姑二嬸，比比認為九莉「蒼白退縮，需要引人注意，幫她造型設計衣服，又陪她出席公開場合，給她創作靈感，又幫她設計封面。九莉也願意覺得她這人整個是比比一手創造的」。連楚娣也說比比：「你簡直就像是愛她。」但是，比比大膽創造，造型奇特出格，她那些奇裝異服都是比比的作品，但九莉偏復古保守，結果常一件合用的衣服也沒有。

比比愛九莉，比九莉愛她多一些。跟邵之雍的事剛開始沒告訴比比，怕她吃醋，但最後比比跟鈕先生好上了；

> 偏是鈕先生，會說：「我能不能今年再見你一面？」

以眼還眼、以牙還牙的上帝還猶可，太富幽默感的上帝受不了。

比比的復仇還在不意之間。

同性之愛不可靠，異性之愛更是。

她愛過之雍嗎？

剛開始是崇拜，以為他是志士，後來大約是被他的聰明打動，再加上逃亡期的想念與擔心，對他的文采也是驚喜：

> 他們的關係在變。她直覺的回到他們剛認識的時候對他單純的崇拜，作為補償。也許因為中間又有了距離。也許因為她的隱憂——至少這一點是只有她能給他的。
>
> 她狂熱的喜歡他這一向產量驚人的散文。他在她這裡寫東西，坐在她書桌前面，是案頭一座絲絲縷縷質地的暗銀雕像。
>
> 「你像我書桌上的一個小銀神。」

但跟燕山在一起之後，才知道那段感情不算數，燕山是她認定的初戀。

之雍愛過她嗎？

之雍有他一定的愛女人的模式，總是以結婚為前提交往，給錢養家負責任，讓女人放心，但他對許多女人都一樣，也真的都想一起結，來個唐伯虎十美團圓之類。這種封建思想在男女關係上特別明顯，他總是找弱勢女子，以凸顯自己的優點，沒想到碰到比他還強的九莉，她是一點委屈也吃不得。

之雍雖然愛她，但錯估了九莉，她絕非弱女子。他也同時愛其他許多女人，跟他相愛等於與半個世界為敵，這太傷她的自尊。

之雍感情太濫了，也太自私，他只愛自己，跟母親差不多，這輩子就栽在這種人手裡。

> 九莉想道：「他完全不管我的死活，就知道保存他所有的。」
>
> 她沒往下說，之雍便道：「你這樣痛苦也是好的。」
>
> 是說她能有這樣強烈的感情是好的。又是他那一套，「好的」與「不好」，使她憎笑得要叫起來。

所謂性愛？

性愛就是個原始與怪異的動物狀態，像倒掛蝙蝠，像小鹿喝水，像上十字架。尤其跟一個她已不喜歡的人，裡面光影的描寫是在幻覺中：

微笑著拉著她一隻手往床前走去，兩人的手臂拉成一條直線。在黯淡的燈光裡，她忽然看見有五、六個女人連頭裹在回教或是古希臘服裝裡，只是個昏黑的剪影，一個跟著一個，走在他們前面·她知道是他從前的女人，但是恐怖中也有點什麼地方使她比較安心，彷彿加入了人群的行列。

小赫胥黎與十八世紀名臣兼作家吉斯特菲爾伯爵都說性的姿勢滑稽，也的確是。她終於大笑起來，笑得他洩了氣。

他笑著坐起來點上根香煙。

「今天無論如何要搞好它。」

他不斷的吻著她，讓她放心。

越發荒唐可笑了，一只黃泥罈子有節奏的撞擊。

「噯，不行的，辦不到的，」她想笑著說，但是知道說也是白說。

泥罈子機械性的一下一下撞上來，沒完。綁在刑具上把她往兩邊拉，兩邊有人很耐心的死命拖拉著，想硬把一個人活活扯成兩半。

還在撞，還在拉，沒完。突然一口氣往上堵著，她差點嘔吐出來。

他注意的看了看她的臉，彷彿看她斷了氣沒有。

「剛才你眼睛裡有眼淚，」他後來輕聲說。「不知道怎麼，我也不覺得抱歉。」

她自己沒什麼感覺，甚至覺得有點排斥，性愛的結果更是可怕，褲子有像米湯一樣的味道，懷孕還得打胎，子宮頸斷裂，這讓女人吃苦的性，就是男人樂此不疲的嗎？尤其當她知道他另有女人，她竟有殺機；房裡有一把斬肉的板刀，太沉重了。還有把切西瓜的長刀，比較伏手。對準了那狹窄的金色背脊一刀。他現在是法外之人了，拖下樓梯往街上一丟。看秀男有什麼辦法。

但是她看過偵探小說，知道兇手總是打的如意算盤，永遠會有疏忽的地方，或是一個不巧，碰見了人。

「你要為不愛你的人而死？」她對自己說。

恨到想殺了他，但不想為不愛你的人而死，她以為胡已不愛她。

事後解釋成「獻身」，跟小康在之雍臨行前被強暴，根本沒機會享受性的快樂。但她又描寫她跟性有關的夢：

夢見手擱在一棵棕櫚樹上，突出一環一環的淡灰色樹幹非常長。沿著欹斜的樹身一路望過去，海天一色，在耀眼的陽光裡白茫茫的，睜不開眼睛。這夢一望而知是佛洛依德式的，與性有關。她沒想到也是一種願望，棕櫚沒有樹枝。棕櫚沒有樹枝。

強光中有灰色的樹幹，這也是忽明忽暗的寫法。

對漢奸的身分真的不在乎嗎？

漢奸的事寫得最隱晦，在前頭就寫到茹璧撕「《漢奸報》」作為伏筆：

「不許你誣蔑和平運動！」茹璧略有點嘶啞的男性化的喉嚨，聽著非常詫異。國語不錯，但是聽得出是外省人。大概她平時不大開口，而且多數人說外文的時候聲音特別低。

「漢奸報！都是胡說八道！」

「是我的報，你敢撕！」

劍妮柳眉倒豎，對摺再撕，厚些，一時撕不動，被茹璧扯了一半去。劍妮還在撕剩下的一半，茹璧像要動手打人，略一躊躇，三把兩把，把一份報紙擄起來，抱著就走。

九莉把這一幕告訴了比比，由比比傳了出去，不久婀墜又得到了消息，說茹璧是汪精衛的姪女，大家方才恍然。

在香港汪精衛的姪女不吃香，被同學欺侮，九莉似有同情的意味，初見邵之雍，覺得他眉宇有英氣，她把他當英雄看，邵是革命與愛情的亡命之徒，自學能力強，口才不錯，反應也快，說他是政客，不如說是志士，他的根基不好，理論也以復古為復興，思想的基底是封建的，因為說服不了人，只說服自己，九莉也看出破綻：

「和平運動」的理論不便太實際，也只好講拗理。他理想化中國農村，她覺得不過是懷舊，也都不去注意聽他。但是每天晚上他走後她累得發抖，整個的人淘虛了一樣，坐在三姑房裡俯身向著小電爐，抱著胳膊望著紅紅的火。楚娣也不大說話，像大禍臨頭一樣，說話也悄聲，彷彿家裡有病人。

也是非常害怕的，而且認識不久，他就開始逃亡，沒有機會認識其他「漢奸」，只認識幫助之雍逃亡的荒木，那時對於汪政府倒台，她較深切的感受是在電車上，忽然被荀樺夾膝蓋「從他膝蓋上嘗到坐老虎凳的滋味」，這荀樺之膝不但經典，而且震古鑠今，讓九莉醒悟：「漢奸妻，人人可戲。」她一直懷疑他共產黨的身分，連邵之雍也是，但她對左翼的看法，是採部分贊同，且排斥理論化與紀律：

她覺得理論除了能有確實證據的，往往會有「願望性質的思想」，一廂情願把事實歸納到一個框框裡。他的作風態度有點像左派，但是「不喜歡」，共產黨總是陰風慘慘的．也受不了他們的紀律。在她覺得共產這觀念其實也沒有什麼，近代思想的趨勢本來是人人應當有飯吃，有些事上，如教育，更是有多大胃口就拿多少。不過實踐又是一回事。至於紀律，全部自由一交給別人，勢必久假而不歸。

此外她也描寫汪政府倒台的官員，一有女人拚命吃，像吃花生一樣，反照邵之雍，不也一個樣，她自己也懷疑只是花生之一，因而那晚大吵一架，讓九莉下定決心分手：

之雍抽著煙講起有些入獄的汪政府官員，被捕前「到女人那裡去住，女人就像一罐花生，有在那裡就吃個不停」。

「女人」想必是指外室。

「有沒有酒喝？」他忽然有點煩躁的說。

吃花生下酒？還是需要酒助興？她略頓了頓方道：「這時候我不知道可以到什麼地方

去買酒。」臉上沒有笑容。

分手那夜寫得特別詳細，花了將近七頁，導火線是因九莉沒留郁先生吃飯，燕山又剛好打電話來，然後是「花生」之說激怒九莉，於是質問他跟小康是否有肉體關係，然後是分床睡，隔天發現他在檢查她的東西，於是還給他二兩黃金（又是二兩），就此恩斷義絕。

在三十歲之前她一口氣了斷母親與之雍的關係，而且都是以還錢的方法處理。日後邵成為她感情與事業的致命傷，她跟燕山在一起就有很多人反對，但邵也有令她迷戀之處，又是暗中之明：

之雍這次回來，有人找他演講。九莉也去了。大概是個徵用的花園住宅，地點僻靜，在大門口遇見他兒子推著自行車也來了。

也不知道是沒人來聽，還是本來不算正式演講，只有十來個人圍著長餐桌坐著。幾個青年也不知是學生還是記者，很老練的發問。這時候軸心國大勢已去，實在沒什麼可說的了，但是之雍講得非常好，她覺得放在哪裡都是第一流的，比他寫得好。有個戴眼鏡的年輕女人一口廣東國語，火氣很大，咄咄逼人，一個個問題都被他閒閒的還打了過去。

邵的口才比文才好，連九莉都認為他放在哪裡都是第一流。怪不得她肯伏在腳下崇拜他，但他也崇拜她，九莉形容這段感情常帶「神」字。

為什麼不要孩子？

母親是個被她當掉的母親，丈夫也是被她當掉的丈夫，糟透的父母親，讓九莉九林吃足苦頭，所以「從來不想要孩子，也許一部分原因也是覺得她如果有小孩，一定會對她壞，替她母親報仇。」她自己也缺乏母性，所以好不容易中年跟汝狄懷孕，卻把他打掉，寫這麼殘酷的打胎情節，也是對母性的反叛。但她也不明白為什麼在夢裡，她有一群孩子，而且是跟之雍：

> 陽光下滿地樹影搖晃著，有好幾個小孩在松林中出沒，都是她的。之雍出現了，微笑著把她往木屋裡拉。非常可笑，她忽然羞澀起來，兩人的手臂拉成一條直線，就在這時候醒了。二十年前的影片，十年前的人。她醒來快樂了很久很久。

這段文字緊接著「痛苦之浴」，好矛盾啊！但夢是現實的替代性滿足，可見她心裡面是希望跟邵之雍在一起，重新來過，也要是重新的人。

張是個超我強烈到神經過敏的作家，這些問題隨著時間越久，也越不安，看了《小團圓》，大約知道她的傳奇時代小說主角的原型是誰，對後人解析小說是有幫助的，她只寫自己熟悉的題材，她所來自的大家族比曹雪芹更龐大更複雜更黑暗，可說是新舊時期現代中國的縮影，當西方文化橫掃過積弱不振的中國，革命並沒有改變人性，只有往更黑之處沉淪。新與舊，東與西，性與愛，一妻與多妻，善與惡，好與壞，黑與白，失去分際，這也是個倫理失序的年代，父不父，子不子，母不母，女不女。

當一個一切亦是不好的碰上一切亦是好的，或動輒以好的壞的來分的時代，她認為好的也有不好，不好也有好，如同光與影的關係。

一明二暗，除了有影像色調質感的意涵對應到私人住宅，空間上的分布也是有其象徵與意象性。公寓型三開間的房子以一明二暗隔間，在對立於光亮理性的公共空間的私人空間裡，透過空間明暗與隱私度之間的烘托關係，還有兩者間的密度比例與深度的張力與調節，在功能感受與道德上造成更深更具有壓迫性的陰影，在人的審美經驗跟恐懼羞恥的原始欲望上造成影響，陰影就是人欲望透過光的投射，巨大神祕而扭曲，但它不在外面，是我們眼中的倒影。

人物大都在狹窄的室內空間活動，窄到令人透不過氣來。

張談的是一種空間的私人性道德感覺與意象，跟五四文學談空間的象徵秩序或平等正義不同，像是考古學家初見遠古時期的洞穴壁畫，那般的震撼，洞裡頭有蝙蝠，洞口有迷途的小鹿，洞的底處還有一處女之泉，在一個封閉私人情欲，且道德與時空背景皆不明的空間裡頭，彷彿通往人類所有感覺源頭的鏈結突然的被打開，一種羞恥感。

這些恥感與道德的兩難，是張愛玲面對的考題，也是她丟給讀者的考題，終其一生她都在尋求答案，而沒有答案。就像一場永無止境的考試。一流作家與二三流作家的差異就在從不從俗，以及是否真誠是否熱狂是否具宏觀性？在這點上我一點也不懷疑。

延伸閱讀：

一、《海上花列傳》的人物描寫與對話及藏閃筆法。

二、《秧歌》平淡近自然之美學。

作業：

一、對話收集與練習。

二、長篇小說或劇本試寫。

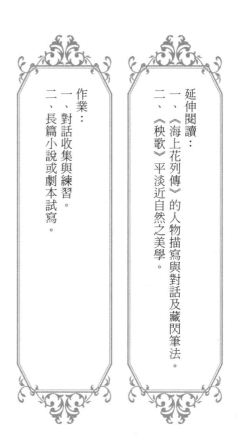

第十二課

我聽到她在唱歌

——賴雅日記中的張愛玲

一個崇尚社會主義、自由與友情的男作家，為了她成為居家型的男人；一個因男人封鎖心門的女作家，為了他勇敢地追求婚姻與愛情，婚後她冠夫姓，至死無改。

也許有人以為賴雅是張愛玲寫作上的絆腳石，或者他們的婚姻只是現實上的結合。然而在感情上，她完全是直覺，甚且與現實考量完全不合。譬如賴雅的年齡與健康，比她想像的要糟上許多，她卻甘願往火坑裡跳。相比之下，賴雅晚年有張愛玲相伴，為他的人生畫上更美麗的句點。

在某些部分他們是非常相配的，譬如兩個都喜歡電影，而且是電影劇作家，在這方面賴雅比張愛玲經驗更豐富，所以婚後她將小說的失意轉往電影劇本，寫了好幾個叫座的電影劇本，如婚後第一年一九五七《情場如戰場》，一九六二《南北一家親》，一九六三《小兒女》、《人財兩得》，一九六四《南北喜相逢》、《一曲難忘》、《魂歸離恨天》。在寫作上，她認為賴雅在美國比她吃得開，他可預支版稅三千美元，她至多一千。

賴雅的興趣十分廣泛，戲劇、電影、攝影、小說、詩和運動、新聞、旅行，是個靜不下來的人。跟張愛玲一樣是個早熟的文學天才，他出生於一八九一年美國費城德國移民家庭，費城當時已是沒落的城市，有錢人住北區，窮人住南區，城市不大，卻到處是古蹟。賴雅的家境不錯，父母盡其所能提供他過最好的生活，所以他很早就知道什麼是好生活好品味。張愛玲兩歲能吟詩，賴雅五六歲可以在眾人前即興賦詩，十七歲進賓州大學文學系，二十歲以前寫出《莎樂美》詩劇，二十一歲進入哈佛大學攻讀碩士學位，寫成劇本《青春欲舞》，二十二歲就在麻省理工學院任教，不但早讀跳級，待過的都是貴族名校。這時張愛玲還未出生呢！青壯年期他已享有名氣和高收入，到世界各國旅行、廣結朋友。他寫文章賺不少錢，卻很慷慨地花光。也有可能四處接濟朋友，早來的成功使他陷入奢華的生活不可自拔。

一九二〇年，也就是張愛玲出生那年，賴雅二十九歲，他發表了一篇中篇小說〈人、虎、蛇〉，稿酬兩千美金，金額不小，他去歐州拜訪文學名家歐查．龐德（Erza Pound）、詹姆斯．喬伊斯（James Joyce）。他喜歡歐洲，但在美國賺錢較快，缺錢時就寫些稿子，連婦女雜誌也有他的文章，烹飪的文章他也寫。三〇年代他一頭栽入好萊塢寫電影劇本，這一寫又是十二年，把最好的創作歲月投注於好萊塢。可以想見他的生活更奢華。這些劇本較為人知的是《斯大林格勒的好男兒》（*The Boys From Stalingrad*）及《崎嶇之旅程》（*Riding a Crooked Mile*）。

也許厭倦紙醉金迷的生活，三〇年代中期，賴雅變成一個馬克斯主義的信徒，也實際參與勞工運動，為勞工辯護。這時的他由奢入儉，過於早禿的頭加上普通的夾克，看起來就像一個左翼知識分子，那時他還未發胖，整體看來是圓圓的，圓大的眼睛加上圓臉，一副好脾氣的樣子，只有眼神透著正直的熱情，他一直是個不會計較熱愛朋友的人，喜歡說話也有好談吐，哪裡熱鬧就往哪裡去，這使他成為作家最好的朋友，卻是不甘寂寞的創作者。如果張愛玲早生個三十年，跟四十歲的他在一起，可能錢多一點，生活好一點，但肯定不能擁有他全部的愛。

賴雅忠心地護衛朋友，最明顯的例子是布萊希特，當布氏逃亡時，賴雅慷慨地資助他，並設法把他的家眷弄到美國，他們還合寫過兩部電影劇本，等到布氏成名後，對他的態度卻相當冷淡，賴雅不但不記仇，還是大力宣傳他的作品，在日記中曾有記載，賴雅帶張愛玲去看布氏的《三便士歌劇》，還是極力說他的好話。在這點賴雅比較像天真單純的美國人。他一生幫助的作家無數，張愛玲算是最後一個。他自己的創作成績有限，但慧眼識英雄，前後扶持兩個東西方奇才，而且都是在他們最落魄時，也許他們的作品中夾有他的慧見也未可知。

布氏的史詩劇場被法蘭克福學派稱許為進步的現代主義代表作之一，他與盧卡奇的筆戰被視為現代主義與寫實主義的交鋒。布萊希特的聲名因此確立；而張愛玲這華文世界的奇葩，她的影響力無可限量。賴雅的一生該怎麼說呢？他會在歷史中留名，不是因為他的作品，而是他的慧眼。他的確具有高尚的文學品味。

賴雅雖有輝煌的過去，結識張愛玲時，只能在各大文藝營中遊走，結婚初期他沒寫作，只幫助張愛玲改稿看稿，他手上有一篇小說〈克利絲汀〉（*Kristin*）（賴雅簡稱ＫＲ，張簡稱Ｅ，美國五、六〇年代，只有大人物才有簡稱）寫了好幾年始終未完成，就如張愛玲所說他是最好的合夥人，為了讓張愛玲專心寫作，家事大都他在料理，而且長時間在外寄郵件和採買。搬到西岸他在外面租了一個工作室，每天總要去寫個幾個鐘頭，兩個人都準備好好幹一場。這大概是他們婚姻生活中最快樂的幾年，兩人常一起散步看電影吃館子。

從日記中可分為三個階段：一、一九五六年八月結婚到一九五九年五月搬到舊金山之前，為結婚初期，居住在新罕布夏州彼得堡；二、一九五九年五月到一九六一年十月，為生活穩定期，居住在舊金山；三、一九六一年十月到一九六三年七月賴雅中風，為動盪期，其中包括張愛玲滯留台港五個月，賴雅身體急速衰退，以至癱瘓，居住地以華盛頓為中心。

第一階段，為鄉居生活，小夫妻甜蜜的初婚生活，賴雅的筆調輕鬆恬美，他詳細地記載每個月的生活收支，朋友信件往來；他稱張愛玲為Ｅ，記載夫妻的生活情趣，如親密的談話，到波士頓去玩，看電影吃館子，張寫作上的不順遂，以及自己的幾次中風。經濟的來源是《秧歌》的電視劇版權及張母親留下的古董。大抵來說是溫馨甜蜜的。

第二階段，兩個人在寫作上更為積極，張接了許多翻譯及電影劇作工作，賴雅也租了一個辦公室寫小說〈克利絲汀〉和戲劇劇本。也許氣候溫和，兩人較少病痛，生活也較多采多姿。張愛玲還交了一個美國朋友愛麗絲，兩人常一起散步互訴心事，張還告訴她第一個丈夫很能欣賞她寫作及設計服裝的才華，可惜傷透她的心，讓她關上心門許久。張每個時期都有一個同性暱友。中學時期以前是表姐黃家瀞；青年時期是炎櫻及姑姑；香港時期是宋淇太太文美（張離港赴美路上，曾給她寫了一封情真意切的信），到美國就是愛麗絲，跟霏斯的關係也不錯。晚年跟姑姑聯絡上，也常通信，跟炎櫻的友誼一直保持到死為止。

這段時期她入了美國籍，膽子變壯了，從一九五九年就在打聽到香港的機票。賴雅此階段的紀錄較為詳細，有頗多對創作者生活的見解，這跟他們在杭廷頓哈特福認識的創作者與刺激有關，認為作家不應遠離人群，與世隔絕。遂不打算再過文藝營生活。

第三階段，張愛玲離開美國五個月，給他們的身心打擊頗巨，之後兩個人輪流生病，直至賴雅癱瘓，花光積蓄，張不得不丟下賴雅，應徵邁阿密大學駐校作家。賴雅的日記越來越簡略越悲觀，直至他倒下去為止。

第一階段：初婚生活一九五八年

二月二十六日

睡得好，節日，巴哈。霏斯的一封好信，給我們的。修理兩個古董書桌抽屜拉軌，然後搬到我房間。修理，覺得自己好像補鍋的人。暖和了，什麼都不想做。才過一會兒，就像有兩個魔咒在我身上，睡了，早些上床。

二月二十七日

銀行櫃檯領支票，大日子，上教堂；麵包店，買一兩樣東西而已，主要是在Lloyd. & Roy's店裡買咖啡。圖書館裡的雜誌和報紙。來信有關愛玲媽媽的箱子和行李。同時解決掉雞肉派，愛玲上床了，我完成修理沙發了，做噩夢，在床上溺水了，好冷。

二月二十八日

關了烤箱火。火速派了一個髒兮兮的男人去修，換了一條地下室的保險絲。家長日，一個人。愛玲跟我在下個不停的暴風雪中去找他們，麵包店、雜貨店、圖書館，還有外國資產。經過同意，進口她媽媽的中國凳子。真是很好相處的人。漢堡晚餐。十一點以後上床。兩百八十元，是給我的，從英國寄來的。

睡得好冷。單人毯子夠兩人蓋，一個人睡的話會冷。九點前把愛玲換到臥室；看來不錯，聲音清楚？溫吞的老咖啡，核果、牛奶加麥片。愛玲起床了，活過來了，幾近快樂。這個月有好的開始。開了張房租支票，再見了房租。氣候溫和舒適帶點涼意。捲起。透過俗氣的舌頭。

九月一日星期二

十二點三十分離家，購物：肉和其他。愛玲起床了，從上次以來又一個好覺。午餐：有牛排，玉米，義大利麵疙瘩，現煮咖啡。很好。愛玲也要了一小杯咖啡。過了兩點出門去，不知去哪兒。在舞台門口停了一下。躲起來……很好，最便宜的地點，享受這地方吧！雖然……女孩們如此年少。跟她一起住的祖母很好，享受這背景就是全部的背景，真棒。事實上，一齣道德劇裡面卻有極大的誘惑，帶著看似美德的美德。它撕裂、扭曲、虐待、無意義、沒有劇情。就是按照腦袋裡東西演。從內在裡反射出來的東西。寄信給福特基金會詢問有關獎助金一事。六點前十分，背痛得讓我皺眉。買日用品，回家，愛玲不在，走了。又在家，要寄信給福特基金會，又忘了。我忘了愛玲，沒有信心。忘了我已試過了，換了衣服，休息，我們兩個，愛玲，湯，我，麥片和咖啡。和愛玲在食物上下了點工夫。多半她喜歡我的小改變和小小嗜好……愛玲幫我搓揉後背，帶著對父親的仰慕。真舒服。上床睡覺，她過會兒也睡了，今晚還是暖和。

結婚初期他們的家是自己油漆，家具大都來自二手市場，賴雅修理壞掉的家具，形容自己像補鍋的人，這對以前的他是不可思議，他輕易地可以弄到一些錢，快速地花掉，享受好東西好家具，現在的他卻為省錢補破家具。張愛玲的難民情結太嚴重，兩人的生活水準降到最低。令我想到住在新英格蘭那年，小城的日子很單調，每天期盼的就是週末的跳蚤市場，它大半集中在公園一帶，有的人家也會拿出一些東西擺在家門口賣。剛去的時候房子空蕩蕩的，我買了一張麻繩編成的椅子，才十元，約台幣兩百五，但得自己扛回家，路途遙遠，我一下頂在頭上，一下放在肩上，一下抱在胸前，小城的人很有禮貌，就算陌生人也會對你說：「have a nice day!」我頂著椅子回敬，對方通常裝作沒看到。東岸的富豪雖多，清教徒的清貧思想仍然很濃厚，在這裡過苦日子很有尊嚴。美國妹夫帶我去愛米緒村莊朝聖，他們自己做肥皂、衣服、蠟燭、家具。簡約的風格已成為收藏家的最愛。妹夫家世很好，家裡卻不准用銀器，他的思想也是愛米緒。我可以想像賴雅、張愛玲為什麼對清貧生活甘之如飴，他們都怕麻煩累贅，生活越簡越好，在東岸，尤其是新英格蘭地區，簡約是美德，也是理想。

日記中提到張愛玲母親送給賴雅兩百八十元「紅包」，這種豪舉，母女很相似，黃逸梵不僅是學校迷，也是媒人迷，她自己婚姻不好，專愛給人作媒，為甥女找的女婿，個個大有來頭，給自己找的男朋友，看來是沒錢，張愛玲找的更是別提了。但這母親特別，還是疼這樣的女婿。母女一個樣，硬骨頭，只要愛情不要錢。

張對年長的男性一向較有感覺，外曾祖父李鴻章與最小的老婆感情最好；祖父張佩綸長李菊藕二十歲，婚姻美滿，所以她認為老一點的丈夫較牢靠，也許她就是覺得男人要被仰望，女人不妨屈抑。這麼古典的愛情觀，讓她吃了不少苦頭。

黃逸梵留給張愛玲不少遺物，除了裝滿古董的大箱子，還有一些家具，可能也有一點錢。這為他們頭兩年的生活帶來極大的保障，日記上記載賣古董的錢最大一筆是六百二十元。賴雅對這個充滿傳奇色彩的女人十分好奇，當箱子打開時，整個房子充滿悲傷的氣息，賴雅覺得那女士去世後，悲傷仍徘徊不去，尤其是她的照片，嘴唇那樣富於生命力，彷彿還活著一般，賴雅說：「照片就像一部小說。」母親去世，張愛玲傷心地生場大病，一直到兩個月後才有勇氣整理母親的遺物。

結婚頭兩年，生活充滿挫折，寄出去的稿子被退，賴雅一再中風，讓張愛玲處於情緒崩潰中，賴雅常祈禱，並向她保證一定會活下去。

一九五八年七月他們收到杭廷頓哈特福基金會錄取的消息，告訴他們可以從十一月八日開始搬去居住。因為那裡只提供居住不提供錢，賴雅答應張愛玲去信詢問有關獎助金，卻遲遲未提筆。賴雅一向好面子，向人要錢很困難吧！

第二階段：現世安穩一九六〇年

二月二十九日

九點三十刮鬍子，洗澡，買日用品，按價目表洗衣服，但不含□□（按：無法辨識）費用。吃早餐，然後決定躲起來，雖然已經十一點四十了。今天是這個月最後一天，所以可以慢慢來。記一點摘要，十二點三十出關。邊洗衣服邊看夾克上的清洗說明。買日用品，乳品。回家，吃昨天剩的湯。愛玲心情愉快。待在家，看一會兒書，睡個小覺，覺得有一點冷。終於起床更衣準備參加舞會了，整五點三十準時。喬．培根到了，也預備好了；給他一個義大利雞肉餡餅，讓他嘗嘗它們有多好吃。出門了，喬停在家門口，Yatagh 和愛玲進房間去看香港來的蠶絲衣料。才一會兒就出來了，覺得沒什麼。去看 Jerry Shape 的攝影展，屋子明亮而美觀。現場非常混亂，幾乎看不到任何照片，清楚的期待能在作品中看到敏銳犀利的東西。這兒說說那兒講講：Finnigh 亦同，美國攝影家丈夫，Easkini 太太、Melfon、Rids、Olga 及其他等等，我知道的。Mrs Howard，是一位寡婦，給 Nancy 一份工作，據她說，按照 Adams Reighen 的說法，非她莫屬。到底是怎麼一回事？飲料、攤在桌上的食物、喋喋不休、充滿整棟如此美麗的屋子。終於可以退出場了，還有 Joe，Mrs Easkini 跟在旁邊。已經八點了，我真的完全病了。※※（按：無法辨識）。是酒精嗎？詭異。一杯咖啡，如此而已。跟愛玲吵了一架。抖得太厲害沒辦法討論什麼。極度觸怒了她！沒有親吻道晚安。九點三十上床，就是我所希望的。終於睡著了。愛玲終於上床了……

一個月又結束了，已經是今年的第二個月了，明天開始寫作了。

十月二十七日

愛玲有故事「Paladins」要告訴我，延後了兩次。十點出門。喜歡人群。旅行，到出納換支票。躲起來，十點十五分，去付房租。十二點後出門的機會很大。回家時愛玲剛起床。一起把剩的燉肉吃掉了。傷心老朋友走了。試著去從東方的角度看巴勒斯的店，完全誤解他們。出門去 Lloyd，知道倫敦對 Canterbury 的尊崇。躲起來，三點鐘午睡一會，四點四十五分離開，這兒天氣變涼了。連續不斷的修剪被中斷了。愛玲快回家了。六點以後處理晚餐，用餐直到八點，不起眼的小漢堡加洋菇，好吃。就是一頓好晚餐，愛玲很高興。看了會書，一點上床，愛玲晚一點來。

十月二十八日

外出，十點躲起來。可以開窗戶，但是太冷了，我才挨一下子就把它關上了。KR開車。一大張寄信的名單。十二點過了點，出門。英國有名的槍擊手遊行到聯合廣場。日用品採購，回家，吵醒愛玲。吃了個好午餐。看了點書，躲起來到將近兩點。看了我帶來的報紙和夾子及KR的事，五點離開。回家等愛玲。

一九六〇年二月帳單

1.義大利餡餅〇・一八，花生〇・二〇，日用品二・一〇

2.義大利餡餅〇・七九，日用品

3.義大利餡餅。〇・一八，糖果〇・二八，墨水〇・一〇，電影〇・四〇，日用品一・八〇

4.日用品一・九八，洗衣〇・三五，房租八三・二二

5.葡萄酒一・四九，日用品〇・三一

6.藥四・二三，剪頭髮一・七五，義大利餡餅〇・五七，日用品〇・九八

7. 日用品二・七一

8. 日用品〇・三九

9. 書一・七〇，寄信〇・一五，出費〇・一五，相機十五・〇〇，派〇・七九，藥二・六〇

10. 雜誌〇・三五，糖果〇・二六，義大利餡餅〇・一八，日用品一・五二

11. 日用品一・五一

13. 義大利餡餅〇・五七，日用品一・八一，墨水〇・一〇

14. 日用品一・〇八，寄信〇・三〇

15. 日用品〇・二〇

16. 線〇・一八，日用品〇・三〇，藥品〇・五一

18. 日用品四・〇二，車費〇・一五

20. 書〇・二五，義大利餡餅〇・四七，日用品一・〇六

21. 義大利餡餅〇・二四，花生米〇・一〇，日用品一・〇六

22. 日用品〇・九六，〇・〇五

23. 車費〇・一五，葡萄酒〇・七八，郵票〇・二六，日用品二・三三

24. 日用品〇・五一

25. 日用品一・〇二
27. 日用品一・〇一，義大利餡餅〇・三九
28. 日用品一・〇三，義大利餡餅〇・二四

特別挑出賴雅的帳單，他一直有記帳的習慣，從中瞭解一下他們的消費狀況，其中房租是最大的支出，八十幾元，其他吃的用的都很省，幾乎天天吃義大利餡餅，才幾毛錢。我在美國也幾乎吃披薩度日，鎮上一家披薩店，一大塊披薩加一杯飲料只要一塊錢，連老闆都說：「便宜喔！」學生坐在地上排排坐吃披薩，其他外食一個人大約五塊，一個三明治要三四塊，永無變化兩塊麵包夾一塊冷肉和草料，相比之下熱騰騰的披薩較對中國胃，尤其是下大雪，冷鍋冷灶，冰箱也空了，叫來的熱披薩送來了，興奮感恩差點要流下淚來！

西岸的稅重，生活費也高，張愛玲接更多的工作，每天在家裡埋頭苦幹，他們的經濟寬鬆了一些，賴雅還可租一個小辦公室，不致每天在外遊蕩無處可去。大約是預支了一筆版稅。他們還買了一部相機，十五元，可能是二手的。賴雅喜歡攝影，張愛玲喜歡被拍，她不拍生活照，只拍美美的沙龍照，攝影師也挑。大都是穿旗袍，而且是特寫，她在照片中很跳，不能說美，但有格調。

藥費也不少，一個月約七、八塊，相比之下，電影票便宜得出奇，兩個人才四毛錢，剪個頭髮都要一．七五元，書錢不多，兩塊多，都是賴雅買的，張一向不買書。花生米三毛，是誰吃的？張牙不好，難道是年滿七十的賴雅？酒費也不少，想是賴雅有時喝點小酒，吃花生米？美國人下午有吃snack的習慣，常常是一瓶啤酒或一杯調酒，幾塊小餅乾或花生米，我第一次拜訪妹夫的父母，黃昏時分，大家坐在廚房的小圓桌喝小酒，妹夫的父親問我喝什麼？我說：「gin & tonic.」他驚喜，一副我懂酒的樣子，其實是在飛來的飛機上，空中小姐給每人一杯，我只知道這種。妹夫喝啤酒配花生米。先填點肚子是對的，晚上通常到七八點才吃。下午喝雞尾酒，晚餐才是葡萄酒。可是看了一堆日記，沒有喝酒的紀錄，每個月都買酒，到底什麼時候喝？

這裡沒有記載租辦公室的費用，可能是與房租一併計算。一個月的生活費約一百五十上下。以現在的幣值換算，大約一千五百美元，算是省的。

我一向不記帳，對帳單更沒興趣，但看賴雅記帳很有趣，想當年他過的揮霍日子，想必是不記帳的。

一九六一年

一月三十日

七點起床，一大壺咖啡，看書，九點後出門，天空灰灰的，氣溫保持幾近完美狀態。九點二十分準備躲起來寫東西，幾個小孩，十二點出門。在外面一時不知要做什麼，也許可以逛Woolworth百貨公司，看看。回到Stockton，很累，心情閃爍不明。面對家，吵醒愛玲。好吃的漢堡，馬鈴薯膳食，加些義大利式菜餚。

想到中國人，有關愛玲，香港的報紙，送走宋太太，神話。

三點，躲起來工作，糖和報紙。寫信給路肯思、霏斯及其他人。

離開，六點到家，八點以後，肉、馬鈴薯、青豆、咖啡，愛玲穿好衣服出門散步去。

寄信給霏斯，愛玲加了一些語句。把檯燈的電線重穿。

長期居住在紐約可以宣告愛玲的成就，這是她最後的願望，對她來說是中國人的文明病。

在咖啡廳、喜歡擁擠的美國女孩，她們只需劈開這團亂七八糟的狀況，就像是足球賽了。

粵劇和美國式的廣告街來自佛教廟宇。

踩到乞丐，冒個險，贏了咖啡，培根，花生米，等。

出門，又去grand，回家。又一個宋家的故事。

愛玲按摩我的腳，我的腳需要看醫生。祝你新年快樂，媽。

父親、母親，祝福您們。霏斯，問候你並祝你好運。十點過了，上床了，新年的第一個月，沒什麼值得驚訝的，一位詩人走過，到明天晚上，我想。

新年快樂！

二月五日星期三

十點過了！找 Vincent 來修理馬桶。沒咖啡。十點四十五，書，躲起來工作。眼鏡在瓦礫堆般的衣櫥中找到了，拿去店裡整理。摘要，一些KR，十二點三十出門，回家，吵醒愛玲，多煮些咖啡，吃個小午餐，沖個澡。到 Kress 買義大利麵食，點了培根，晚上有約。希拉蕊報導了愛玲的《秧歌》。兩點三十五躲起來，寫KR花了兩小時，看報直到愛玲從眼科醫院回來。雨中出門，回家，用了茶和蛋糕，愛玲準備好了，一起出門看中國新年遊行，六點四十五。上上下下的人潮擁擠，不管毛毛細雨，好不容易占了個好位子靠近 Sacramento，剛好遊行走近了。剛開始很好，有美國軍人、水手、海軍、海防部隊還有船，一起遊行，很有精神；不過有一些脫隊演出的團體，整體看來有點變得不夠完整。非常大膽的扭曲了中國傳統，小孩隊伍，紅包，長長的黑龍跟在後面，我就是不相信龍這回事的一個人。終於在熱鬧中結束了。我們順著商業街往下走到 Kerney，再到

Portsmouth 遊行又開始了，吹奏聲，喇叭聲，中國笑話式微了。肩膀緊縮了，擠在一個可以看到的地點，觀賞夏威夷舞蹈、日本舞蹈、中國魔術，不同時代的中國影子，我終於可以把我的腳抬起來了。愛玲跟我離開了，一路走回家，我還很訝異才十一點呢。原本認為會到一點甚至兩點，麥片是我要的，愛玲累壞了，恭——喜——發——財！

賴雅的日記字體本就不易辨認，再加上影印不清晰，連美國人也看不清楚，這份工作連累好幾個人，但讀者還是可以從日記中知道，他們兩個創作者的婚姻生活，充滿情趣和對未來的夢想，雖然賴雅對張愛玲執意定居紐約的想法並不以為然，他還是極力支持她配合她。張愛玲也盡量體貼溫柔地對待賴雅，並與霏斯保持良好關係。賴雅重拾野心，想完成自己的作品，不復結婚初期，只是從旁協助張，他常把一個人在外的時間稱為躲起來，好讓張可以安心工作睡覺。賴雅通常七點起床，看書報寫點東西，近中午出去採買，然後回家做中餐叫張愛玲起床，下午各自工作，傍晚出去散步，吃點小點心，晚上睡前張通常會為他按摩。除了腳和背有問題，賴雅在西岸身體比東岸好，小中風的次數減少許多，日記也較詳盡，可能正在寫作，筆觸較靈敏，字句常是詩句般的跳動與省略。

他們分開工作，一九六〇年張當時手中進行的應該是《荻村傳》翻譯工作。酬勞雖高，並不能滿足她的創作欲望。她要養家，寫電影劇本和翻譯，賺錢較快，但她才四十歲，正處在高度的創作情緒中，早在一九六〇年，她就跟賴雅提到定居紐約的計畫，為了達成這個夢想，只有到香港賺更多的錢。

她的生活形態自寫作以來沒太大的改變，從中午工作到下午，晚上休息一下，再工作到快天亮，她迷信大城市會帶給她好運，喜歡舊金山遠勝彼得堡，紐約是她完成美國夢的頂點，為了這夢想她變得迷信且固執。遠東之行是不智的，不但夢想幻滅，兩人的身體大為挫傷，看完這些日記，覺得張愛玲夠努力，賴雅也真愛她，但命運對她太苛刻，然而命運之神對誰不苛刻呢？

賴雅日記中斷於一九六三年，從一九六三年她通信較頻繁的是夏志清，一九六二年從香港回來，搬到賴雅在華盛頓找到的房子，一九六三年搬到同城第六街另一棟房子，在這裡住約兩年，這段期間她決定把《粉淚》改寫為《北地胭脂》，一九六七年終於由倫敦 Cassell 書局出版。此書的最原始版為《金鎖記》，是她最有自信的作品，一九五七年改寫為《粉淚》，但被出版社拒絕，對她是一大打擊，還因此發病臥床幾天，她自己後來分析是「英文本是在紐英倫鄉間寫的，與從前的環境距離太遠」，又因一九四九年曾改編電影，片沒拍成，「留下些電影劇本的成分未經消化。」

《怨女》不被接受是否是因為這原因，不得而知，但以當時在美流行的韓素音、陳紀瀅、賽珍珠相比，刻板的中國形象已固定，如是《秧歌》可能較沒問題。

隨著賴雅身體越來越壞，電影劇本也中斷，她的經濟來源只有靠她不喜歡的翻譯生活，一九六四年賴雅已便溺失禁，家裡的「氣氛陰沉而壓抑」。但她在一九六四年十一月十一日給宋CP的信依然是苦中自得：

> 我搬了家都沒寫信來，似乎荒唐，但是一來因為郵局代轉信不會失落，二來因為先忙著搬，接著又要做積壓下來的工作，直到昨天才透口氣。前兩個月我申請廉價房子，其實從前一到紐約就想登記住這種 HOUSING PROJECT（公營房屋），沒有職業不合格，現在是因為 Ferd 年紀關係，很快的租到一個新造的公寓，房租只有本來的三分之一，目前可以生活無憂。地方比原來的大，又是我喜歡的現代化房子，空空洞洞，大窗子望出去，廣場四面都是一疊疊黃與藍的洋台，像在香港和 Mae 看的藍與赭色的洋台一樣。剛定下來的 Ferd 忽然又頭暈起來，澈查後吃了一程子藥，總算病沒發。

看來生活負擔減輕，賴雅應是時好時壞，靠吃藥控制，經夏志清介紹，一九六六年準備單獨赴邁阿密大學當駐校作家，這一年夏建議皇冠出張愛玲全集，心境好轉，但因霏斯無法照顧賴雅，只有叫部車把賴雅接來，因她住的房子極小，另外幫他找個公寓，請人每天來兩次照料他，工人不好請，房子也不好找，「在我這極小的公寓裡擠著，實在妨礙工作」，不知她如何克服，還好她在譯《金鎖記》、《十八春》、《海上花》，皇冠那邊有些收入。

一九六七年四月到六月，張曾到紐約暫住兩個月，夏志清曾去看她兩次，於梨華也跟著去一次，他邀張去吃上海館子，沒去，只請他到公寓吃牛酪餅乾紅。張為何突然跑到紐約，他認為是「打胎」，源自鄺一九六七年的信提到「Stephen 沒聽見過你在紐約打胎的事，你那次告訴我，一切我都記得清清楚楚」。寫信是一九七六年看完《小團圓》之時。以一九六七年賴雅的狀況，不太可能是這時打胎，比較有可能一九五六年婚前懷孕，賴雅決定結婚，她反而去紐約打胎。

一九六七年賴雅過世，她只給夏志清去信簡單報告：「Ferd 八月底搬來，上月突然逝世，收到九月十六日的，信遲未作覆，想必你會原諒」，沒有露出太多情緒，張於六、七月遷居康橋，搬來兩個月突然逝世，可見她很慌張，賴雅搬來後，在二〇一八年出土的筆記中，有甚多悼賴雅之文字：

> Ferd死後象牙Key ring rab忽斷——鈿合釵分之感。
>
> TV film（Man in the Middle. Page）憶F……
>
> 想到Ferd死—events leading up—喜來Cambridge，而devilish水管等著……inter-

locked……因果……events濤聲中如中國圖案式浪頭撲上身來（張牙，有角，深暗而有色彩）。

I feel nothing has happened, he's just in next room，方時忽聲哽，淚沁出，Only physical reaction. 獨處時，喉方哽，隱隱痛，心浮一團heavy air中，或heavy liquid。渾身寒颼颼，胸so束縛，時時要嘆口冷氣。

翻carton找書，photos, unwanted memoris turn up. 幾層past（姑、嫂、已盛年）單獨皆bearable. 掩映皆不是味，painful極，（shower flsshback力量——but必先有人腦複雜機關，人為之artifice人道不足）……二星期後，Ferd死，不堪憶末日情境，乃知生命ultimate lesson. 使你不堪到一個程度，welcome空中飛機如track of fate之grind on…「Come'time & fate, roll over me, flatter me, forget me」，甘心被wiped out. All that is wiped out with it。

像這樣的文字還有不少，可以說明賴雅的過世對她的打擊甚大，原本高興能來到康橋，上一些課，也沒逃避見人，工作有進展，全集將在皇冠出版，來美十二年，到處搬遷，很少在一個地方停留兩年，她在這裡住了兩年，大概是喜歡這裡，賴雅可能也葬在這裡。「最大的一項是副院長建議 Fred 葬在此地墓園。如果我覺得出了這錢他們以後就會幫我的忙，也就只好勉力以赴。」賴雅是哈佛畢業的學生，能葬在哈佛墓園她應覺得是命運安排。一九六九年六月至西岸柏克萊任加大研究中心高級研究員。每天都要到辦公室一趟，她覺得不習慣，也太浪費時間，她雖掛高級研究員（相當教授），卻只算雇員，主管陳世驤和研究員都是中國通，對她寫的 glossary 很不滿意，說看不懂，她難得發話：「加上題綱，結論，一句話說八遍還不懂，我簡直不能相信。」他生了氣說：「那是說我不懂囉？」我說：「我是說不能想像您不懂。」他這才笑著說：「你不知道，一句話說八遍，反而把人繞糊塗了。」……她記錄吵架過程，結局是被解雇，可見這件事對她打擊多大，過沒多久，陳世驤也過世了，這等於是雙重打擊。

張的論文到底如何，讀《紅樓夢魘》是有點繞，她不是不能做研究，只是不適合上班，習慣晚上寫作的她，午後才起，每天去辦公室，確實麻煩，她只能晚上去，這就不合規矩，又不肯問人，自己蒙頭做，做錯方向也不知。

一九六七年張寫給宋淇的信上說：「我在這裡沒辦法，要常到 Institute 去陪這些女太太們吃飯，越是跟人接觸，越是想起Mae的好處，實在中外只有她這一個人，我也一直知道的。」她視 Mae 為唯一值得交往的對象，在康橋她還勉強應付，在加大獨來獨往，但社交還未歸零。在六月最難受的時候，她還深情地給 Mae 寫信：

我常用你們衡量別人的事，也像無論什麼都在腦子裡向你們絮絮訴說不休一樣，就連見面也沒這麼大勁講……我想起那次聽見Stephen病得很危險，我在一條特別寬闊的馬路上走，滿地小方格的斜陽樹影，想著香港不知道是幾點鐘，你們那裡怎樣，中間相隔一天半天，恍如隔世，從來沒有那樣尖銳的感到時間空間的關係，寒凜凜的，連我都永遠不能忘記。

如果說宋CP是知己，又像家人，更理想的自己，那麼夏志清是同輩（他們年紀差不多）與貴人，自從離開研究中心，她仍在原來房子住一年多，她忙著寫東西，趕寫那篇要投《亞洲哈佛學報》的《紅樓夢》考證，還把〈文革之結束〉的英文長文寫完，從一九六六到一九七一幾年間她在學術機構做了不少研究，轉型為半學者，一方面是為生活，一方面這也大都她喜歡做的。忙得連搬家的時間都沒有，郵包也不拆。有三分之一的時間患感冒，一直在吃維他命C與肉類補充體力，她在寒冷的地方容易生病，本想搬到鳳凰城，後來還是決定搬到三藩市，但一直為感冒耽擱，一直到一九七二年十月才遷往洛杉磯。

在離開加大之前，她接受水晶採訪，從此過幽居生活，斬斷一切外緣，只有少量的書信往來。一九七三至一九七四，因沒上班壓力，就看了些「真人實事」的人類學紀錄、社會學調查、歷史小說、內幕小說，看到有興趣的問題，就去圖書館找資料，把書借回家，花掉的時間「實在使人無法相信」，她把有關十八世紀英國軍艦「邦梯上的叛變」這段史實相關的資料都看了，寫成長散文〈談看書〉及〈談看書後記〉在《中國時報》人間副刊連載了九天（一九七四年四月二十五至五月三日）。

這一年，唐文標未經同意將她的舊作〈連環套〉發表於《幼獅文藝》六月號，〈創世紀〉發表於《文季》第三期，新舊作齊出，引起張愛玲熱。但她是一個實際的人，失業三年的她還想找份學院內的工作，港大中文大學想找她「寫篇丁玲小說的研究」，她也準備著，並要夏志清為她在哥大圖書館找書。後來工作沒了，水晶與唐文標把她的舊作挖出來發表，讓她很不高興，遂去信：

水晶

昨天匆忙中和你和貴友寫信，忘了提〈創世紀〉、〈連環套〉未完與〈列女傳〉都是我自動腰斬的。又，那些集體照片上有些干礙的人物，不便發表，不犯著又挨罵，於我姑姑也有礙。今天捕張便條來，萬一這些材料已經都寄出，又另給《幼獅》編輯去信，附了一段引言——另抄了份在這裡給你過目。匆匆祝好。

愛玲四月五日

在這段期間張已不接電話或見人，一九七二年十一月鄺去了趟紐約，也沒驚動張，只寫信提及，事後張在隔年九月才回：「下次萬一要是路過洛杉磯，來得及就打個電話給我，不管白天或晚上。如果不能來可以趕到機場一趟。」回信的間隔時間有點慢，大概一直生病連信也少收，雖相隔遙遠，她對他們的孩子琳琳瑯瑯一直讚美有加，「琳琳太漂亮……最使人滿意那種，也只好先享受著再說。不漂亮也不見得就 sensible，這樣想著也許看開些。她們書又念得這樣好。」「瑯瑯在澳洲打破紀錄，他們倆姐弟都這麼好。」瑯瑯拿到應用數學和心理學雙學位，再進修數學學位，張回「令郎回來，真回來，真替你與 Mae 高興。他主修的兩門距離這麼遠，可見他這人多麼多方面」。張對這一對兄妹極為喜歡，這可能是她憑觀察認定可靠，可靠的朋友與兒女，讓她願把所有交給他們。

一九七五年張忙著寫《小團圓》，她讀了《今生今世》，非常在意「三十年不見，大家都老了——胡蘭成會把我說成他的妾之一，大概是報復，因為寫過許多信來我沒回信」，距離一九四六年確已三十年，她寫的《小團圓》用幾件事證明身分，第一、他先與兩任老婆登報離婚；第二、兩人有婚書有媒證；三、胡曾給她大把錢養家：四，她先提分手，並給他一筆錢，也算人財兩清。針對胡的「三美團圓」風流自得，她也寫出與桑弧的情感，並讓母親見過，是真正的初戀，對胡沒有否認用情很深，但精神層面較多，在她是「追求聖杯」，在他是「吃花生」。

一九七六年她完成《小團圓》。她給夏去信說：「你定做的那篇小說就是《小團圓》，而且長達十八萬字，不然也不會忙亂到連國號都不認得了。出書前先在皇冠、《聯合報》連載，一定轉寄給你。」她為完成此書振奮，可這書到了宋ＣＰ手裡，結果因為她著想，勸她壓下，理由有：

一、因已成偶像太受矚目，可能受圍攻。

二、雖是自傳小說，恐與真實混為一談。前面大都已寫過，然張味還是很濃。

三、一定有人指出九莉就是張愛玲，邵之雍就是胡蘭成。

四、胡蘭成在台灣正受攻擊，此書一出，等於肥豬送上門。

五、想把九莉寫成一個 unconventional 的女人，但沒有成功，只有少數讀者也許會說她不快樂的童年使她有這種行為和心理，可是大多數讀者不會對她同情的。

這五個理由，在當時的背景確有道理，張當時壓下此書，隨著時間越久，她越覺不宜，一再說要銷毀，她喜愛的「瑯瑯」替她做了決定，在二〇〇九年出版，時空轉移，以前的五大理由已經動搖，自然讀者很難不把九莉當張愛玲，但這更加深對她的認識與喜愛，多了許多年輕讀者造成又一次張熱，連第五個理由也不成問題。

張在美的自傳書寫第二度受挫，她給夏的信上說：「我在 euphoria 過去之後發現《小團圓》牽涉太廣，許多地方有妨礙，需要加工，活用事實。請代 soft-pedal 根據事實這一點。」

夏的按語說明她當時的心理，「不管是否講她同胡蘭成這段情，《小團圓》寫的顯然都是她熟知的真情實事，寫完初稿後也就特別興奮、開心。但愛玲是非常謹慎小心之人，euphoria一過，重讀初稿就覺不妥，『需要加工』，『事實』不宜如實寫來，而應加以『活用』。連我她都要關照一聲：如同朋友講起《小團圓》，絕不要強調，只能soft-pedal『根據事實這一點』」。

可見《小團圓》大都為真人實事，她一生多次想幫自己寫傳，大約也覺得沒有人寫得比她好，她可能也不想讓人寫。到此已夠詳細，我們不明白的都明白了，為什麼還要寫一次傳記，只因自傳是自傳，傳記是傳記，前者偏向文學，後者偏向歷史，自傳剛好成為傳記的脊梁。

經過宋CP的分析，張暫時放下《小團圓》，卻一直在想怎麼修改，她依宋提供的方向，寫了〈色，戒〉，當時看不出是《小團圓》的變身，事實上她一直沒有放棄為自己寫傳。

接下來她譯〈五四遺事〉，寫〈浮花浪蕊〉、《同學少年都不賤》，後者又壓下來，要不然實驗性更強，另有〈相見歡〉。從《小團圓》到《同學少年都不賤》可說是她的實驗小說期，手法更隱藏，潛意識的挖掘為主，可說從自然主義轉入現代主義、後現代，跨界、跨性、拼貼的傾向可說走在中文書寫的前面。六、七〇年代台灣的現代主義文學已發熱發光，女作家也有歐陽子、叢甦、施叔青、李昂大膽進入現代主義與情色書寫，張那化舊為新的折衷美學，姿態更是前衛，其自剖與情色尺度放恣自然，美學的底蘊更足。跟新一代女作家不同，她的轉變來自研究經典小說，受其藏閃、平淡近自然手法影響，而她已五十幾歲近六十，身在其時最強盛的西方國家，仍在為創作奮鬥，閉門書寫，從古典、懷舊中轉出的實驗手法，暗合迷失一代的後現代美學。

中西交融，新舊折衷一直是她的專長，現代主義作家有其靈魂的重量與探索，卻不屑古典，有其古典的，卻不夠前衛，她是既古典又前衛，又是書寫流放的專家，這是為什麼隨著時間越久，越顯其重要性。

這些作品跟前期相比大不相同，情節線不清晰，時空跳躍，不追求戲劇性，難讀且密度高，詩意更濃。不能以重複或晚期風格輕易界定之。

一九七八年七月十九日宋淇對她的寫作有評價也有打氣，說得很中肯：

至於散文，你可以說是五四以來大家之一，至少自成一格，讀後再想多看一遍的，還沒有別人，我認為你的《流言》水準比小說不稍遜色。心定下來，自然而然有的是題材。你離中國太久，沒機會同人談話，看的中文書報也較少，停寫之後忽然大寫，文章有些生硬，尤其是《紅樓》，Mae 也說句子好像 chopped（彼此獨立），連之不起來，最近多寫之後，已經恢復原來的風貌，應該出一本散文專集。看你忽然膽小起來，只想往容易的地方走，真覺得沒有出息。像我情願不出看看以前的舊作，Mae 認為有問題的，完全不用，所以今年可能交白卷。這封信我寄一份copy給志清，讓他也為你打氣。

在連續推出一些小說遭批評，宋淇給她一些提醒與建議，這封信不僅高度評價她的散文，還提醒她文章變生硬的原因，她來美國之後，沒有可以談話的對象，又長期做翻譯，她之前每個時期都有知心話友，而且能邊談邊寫，碰到對的人，常能激發靈感，出道初期是炎櫻，之後是胡蘭成，這時的她妙人妙語，言語機智，香港時期是宋CP，美國初期是賴雅，但兩人作息相反，用的是英文，自然能談的有限，一九六三年賴雅倒下來之後，她幾乎沒有話友或社交，這讓她越來越退縮。她的英文自然是不錯，但如果把《秧歌》跟《易經》相比，落差很大，英文是這樣，中文更不用說。移民作家面臨語言轉換，文化霸權的支配，文字面對塌陷的問題很難克服，還好她靠幾無間斷的書寫，維持在一定水準上，端看《小團圓》就知她中文沒退步，退步的可能是英文。

一九八〇年她開始有蚤子之患，在汽車旅館之間流浪，連證件也丟了，到一九八四年還沒解決，「聽說你仍然擺脫不了那些鍥而不捨的FLEAS，心裡真著急。租了新地方，還是會跟蹤而至，怎麼辦呢？」這蚤子大大影響她的生活，居無定所，又要看醫生，頭髮剪短，只穿布袍，又要時時照太陽燈，連信也不寫不收了，從一九八四到八七年夏幾乎沒收到她的信，其狼狽在八四年給宋CP的信上提及：

……奧運前有一次半條街上有三家旅館，我從一家搬到另一家，TAXI不接這樣的短程生意，行李自己拎了去，OFFICE又沒人，只好改到第三家。幾大包書分短程一次次來回搬，一包Renditions連同兩包《皇冠》紮得較漂亮，像禮物的書，就被偷掉。兩邊都是大房子，上下樓再迷路，筋疲力盡，完了出去吃飯，沒看見一個極淺台階，絆跌了一跤，膝蓋跌破還沒好又摔破，第二天還流血不止，去看醫生，叫吃抗生素藥片，說也許兼治我的跳蚤敏感。我腦子裡已經在告訴你們因禍得福，結果猛吃幾星期也無效，除了治腿傷。

縱使在這窘困之境，她也保持淡定，這是她的生活智慧，她一直歸功於宋CP，他們接連生病，又要照顧高齡母病，沒有抱怨，只有冷靜以對，她也受影響，遇橫逆還轉念「因禍得福」。

一九八五年水晶在《中國時報》人間副刊發表〈張愛玲病了〉，引起注意，讓鄺與宋非常緊張，分別去信解釋道歉，「這次看了水晶那篇文章，Stephen和我都難過到極點。他自知闖了禍，懊喪得無法形容，這兩天寢食不安，瀕臨精神崩潰的邊緣。」宋的解釋與道歉更是一大篇，主要怪自己為了證明非夏志清認為的心理病，而是生理的問題，洩漏張的部分生病說明信函，沒想到水晶根據宋與張的信寫了一篇文章。鄺也道歉求情，「我一面怨他『聰明一世、糊塗一時』，犯了大錯，一面擔心你不知失望而氣憤到什麼地步。怎對得起你？這些年來，你一直把我們視為知心好友，就因為從未辜負你的信託。如今陰差陽錯的，無意中弄出了這種事故，真是不幸！我想起來就氣得索索抖。你儘管寫信來責罵他（他自知該罵，甚至該打），但千萬別因此不再理睬我們。你是我倆共同的知己，我們異常珍視這份真摯悠久的友情，這一點你自然明白。Stephen 只是凡人，難免有愚昧的時刻，現在我虔誠地代他求情，請你予以曲宥，你不會拒絕吧？」

面對這件事，張的心理如何，不得而知。在意肯定會在意，但她們低估張，也低估他們之間的友誼。張從未對人如此信任與熱情，三十多年的知己與親人般的關係怎會因一個人或一篇文章改變。從現在的角度來看，病並不可恥，無論是生理或心理的，張已六十幾了，她體質嬌弱，但懂得如何照顧自己的身體，除了年輕被關帶的病，並不常發，也沒什麼大病，只有對跳蚤敏感，這比宋 CP 好太多了，宋年輕多病，鄺有癌症已開刀治療，人到六十幾有些病痛是自然。壞就壞在有人不求甚解而誇大寫文爆料，她除了這個毛病，還真沒大毛病，活到七十五，也算自然離去，在彼時算長壽。而且，張怎會怪知己呢？

相隔一個月，她的信來了，完全沒提文章的事，還大大讚美宋 CP：

> 那次Stephen病後來信說我差點見不到他了，我習慣地故作輕鬆，說我對生死看得較淡。雖然也是實話，那時候有一天在夕照街頭走著，想到Stephen也說不定此刻已經不在人間了，非常震動悲哀。我說過每逢才德風韻俱全的女人，總立刻拿她跟Mae比一比，之後，更感嘆世界上只有Mae。其實Stephen也一樣獨一無二，是古今少有的奇才兼完人與多方面的Renaissance（文藝復興時代的博雅之士）。

這是什麼樣的友誼？李杜、元白也難企及，張有無高估宋CP，仔細研究一下，宋才華多樣，鄺才貌德兼備，更難得的對朋友如此好，修養也好，尤其會做事，夫妻婚姻美滿，這都是張愛羨的，她稱鄺為「兼美」秦可卿，有才的她看太多，才德風韻俱備，奇才兼完人，才是她追求的高標，這可反應張的性情與胸襟已有改變，她能在苦中作樂，這歸功於她自己，也要碰對人，他們的才氣未必與張等齊，各方面的完滿確實少有人及，在才氣與人品之中，人品可能還是她最重視的。她沒有宗教信仰，融洽的人際關係最能讓她安心，每在橫逆中她腦海總想著這對朋友，跟他們一樣耐心以對，因此晚年的獨自生活還算平靜充實，心靈上並不孤單。

流徙的日子大約到一九八八年才結束，這幾年連信都沒有，寫作應該也沒辦法，她怎麼度過呢？每天都在搬家，搬個家就耗去大半天，連吃也顧不上，牙壞了，沒時間看，吃不好，體力很差，也可能更瘦。一九八八年給夏的信上說：

我這幾年一直住在郊區，近兩年在VALLEYS。天天搬家，帶了不少東西，今年一月扔掉賀年片，先抽出來看看，才發現鄭緒雷的一張附有「聖誕信」，介紹醫生，是UCLA教授，診出是皮膚過度敏感，敷了特效藥馬上就好了。大概fleas兩三年前我以為變小得幾乎看不見的時候就已經沒有了。鄭緒雷來信說，水晶講我與fleas那篇文章misquote你的話。我沒看那篇文章，倒不是諱言這幾年的事，我自己預備寫一篇人蟲大戰，不是針對他那篇，所以不用看。Life is too short，不犯著為這種人生氣，不管他怎樣誤引你的話，我反正不理會。再讓他離間我跟僅有的二三知己——雖然他未必存心這樣——我也太無聊了。我搬到這裡很好，稍微安定下來一點就去看牙齒。因為一直住太遠，交通不便，延宕至今。統統壞得特別棘手，往往去一次回來躺兩天。還不知道什麼時候看得完。明知不能耽擱而耽擱了，也是因為實在勞累，天天上午忙搬家，下午遠道上城，有時候回來已經過午夜了，最後一段公車停駛，要叫汽車。剩下的時間只夠吃睡，才有收信不看的荒唐行徑。

這是相隔三年多收到的長信一部分，把她這幾年的生活描寫得很立體，所謂的兩三知己，就是宋CP和他，水晶的文章根本沒看，她還想寫一篇人蟲大戰的文章，可見她還是幽默，但這幾年的生活品質太差。過於勞累，以致看一次醫生要睡兩天，體力明顯下降，牙也壞光。她從小聽母訓要多吃青菜水果，注意營養，因此在吃上不馬虎，這可能是她雖瘦弱，但無大病的原因，自己一個人也能搭公車滿城跑。

洛杉磯是大城市，她喜歡大城市，有看不完的櫥窗，皇冠一年給她的版稅生活有餘，也能逛逛街，買衣服及化妝品，但因為蟲蟲，大概只買不用。

這幾年宋CP輪流生病開刀，情況悽慘，宋還幫她整理文稿出兩本書《餘韻》、《續集》，以「表示你仍在繼續寫作」，還代筆寫序，讓人不引起不必要的猜測，可謂思慮周到。

一九八八年她搬到莊信正幫她找的林式同蓋的新房子，一房一廳，沒家具，一個月要五百三十美金，「太太太貴了些」，她之前租房從五〇年代的東岸小城六、七十，到西岸大城市一百左右，六〇年她住過社會住宅，之後學區，頂多一、兩百，八〇年一套一房一廳五百多夠驚人，這是她住過最好的房子，她也應住得起。一九八九年她過街時被人撞傷，一個月後才照X光，結果右肩骨裂，手臂骨折，做體操、水療復健，隔年鄺往地上一坐，左手腕碎裂，張提出建議：「Mae似乎骨脆，如果缺鈣，要吃牛奶的話，我發現低脂奶吃冷的倒比普通的冷牛奶好，沒奶腥味。」可見她也在吃低脂奶補鈣，可能也吃些罐頭豆子，她覺得健康食品難吃，只有想辦法找能吃的東西，也會自己實作些簡化菜，不看食譜，她愛吃司康，認為西岸的比不上東岸。可能夏志清較注重，在去信中會提到食物：「此地墨西哥糕餅有一種像司康而略大，不過太甜一點，又一股生雞蛋味。我買過兩次，想著你跟 Della 買司康。」談吃她確有一功。她自承嘴可刁了：

> 我就算是嘴刁了，八、九歲有一次吃雞湯，說「有藥味，怪味道」。家裡人都說沒什麼。我母親不放心，叫人去問廚子一聲，廚子說這隻雞是兩、三天前買來養在院子裡，看它垂頭喪氣的彷彿有病，給它吃了「二天油」，像萬金油、玉樹神油一類的油膏。我母親沒說什麼。我把臉埋在飯碗裡扒飯，得意得飄飄欲仙，是有生以來最大的光榮。

她在家裡一定也吃過不少好東西，「小時候在天津常吃鴨舌小蘿蔔湯，學會了咬住鴨舌頭根上的一隻小扁骨頭，往外一抽抽出來，像拔鞋拔。與豆大的鴨腦子比起來，鴨子真是長舌婦，怪不得它們人矮聲高，『咖咖咖咖』叫得那麼響。湯裡的鴨舌頭淡白色，非常清甜嫩滑。」寫得生動也可說吃得巧，然家風簡樸，可能平日也是家常菜。獨立生活她跟姑姑各吃各，她從小沒上桌吃飯的習慣，一個人吃慣了，母親很講餐桌禮儀，她學到一些健康吃法，之後流放到美國，賴雅應該懂吃，他們到波士頓會去吃老牌的 Oyster 餐廳，以龍蝦牛排著名，平日賴雅也會煎牛排或漢堡排，吃得應該不錯。她住的東岸小城或大學城，吃的選擇較少，但有好吃的司康，她喜歡油酥糕餅，連燒餅油條都喜歡，說：「有人把油條塞在燒餅裡吃，但是油條壓扁了就又稍差，因為它裡面的空氣也是不可少的成分之一。」這可是把它說得盪氣迴腸。她到西岸，種族文化多元，吃的選擇變多，她考察的結果是「酸德國、波蘭；甜猶太、辣回回」，你說她吃多元，她只會做兩樣創意菜，應該也不常做，「常白糟蹋東西又白費工夫，一不留神也會油鍋起火，洗油鍋的去垢棉又最傷手，索性洗手不幹了。已經患『去垢粉液手』（detergent hands），連指紋都沒有了」，她這些食物觀察很海派，菜系分析、未來的素食趨勢，都令人想起她那會發明食譜的外祖母李菊藕，比的是眼界，她自稱人懶，一不跑唐人街，二不去特大的超級市場，就是街口兩家小店，也難得買熟食，不吃三明治就都太鹹；三不靠港台親友寄糧包，最留戀的食品都是點心：

美國沒有「司空」，但是有「英國麥分（muffin）」，東部的較好，式樣與味道都有點像酒釀餅，不過切成兩片抹黃油。——酒釀餅有的有豆沙餡，酒釀的原味全失了。——英國文學作品裡常見下午茶吃麥分，氣候寒冷多雨，在壁爐邊吃黃油滴滴的熟麥分，是雨天下午的一種享受。

這篇發表於一九八八年的食記，可以說明她懂吃且很能欣賞美食，生活情趣不缺，可說過得悠哉，沒我們想像的糟。她住的地方附近有個羅馬尼亞超級市場，她常去「體驗」，喜歡冷凍的西伯利亞餛飩「佩爾米尼」，它「沒荷葉邊，扁圓形，只有棋子大，皮薄，牛肉餡，很好吃」，這家超級市場兼售熟食，標明南斯拉夫、羅馬尼亞、德國、義大利火腿、阿米尼亞香腸等等。可見她也會買香腸或不便宜的茄子泥來吃看看。

一九九〇年她開始寫《對照記》（〈愛憎表〉），是一篇自傳長文，當時宋CP與她狀況都不好，她一直在寫，因為「我一天寫不出東西就一天生活沒上軌道」，這篇長文是繼〈私語〉、《易經》、《小團圓》之後的又一次自傳書寫，內容與自傳小說有些雷同，它說明她的自傳小說多是實寫，非常重要。如今只留下一萬多字殘稿、一些草擬大綱，在一九九一年一月十二日宋淇信上提到這稿子，「趁這幾天連忙將你的《對照記》的正文寄來的六張改稿換出原稿，並將你同意修改的地方用紅筆正楷添入、修改，總算趕出來了。」看來是完成了，還有宋的修改，多年合作，他連她的語感都抓得到。

從年輕時代，他就常代人發表，或以朋友名字發表作品，以林以亮為名寫文就是個例子，他說他「不會是好作家，缺乏體力和那股衝勁，我有一個好商業頭腦，問題是我對錢沒有瘋狂的愛好，所以也不能成為大亨，也算是性格上的悲劇。」他跟賴雅一樣是很好的合作夥伴，一流的品味與才華，就是身體太差，沒持續力，他比賴雅有商業頭腦，在張眼中很是完美。

既然完成，又無礙語，為何沒有發表？修改完就應是發表階段，一九九一年發生了許多事，姑姑過世，宋CP輪流生病躺倒，張在報紙上發現螞蟻，嚇壞了，接著也病了，六年來沒這麼嚴重，六年前不就是蚤子之禍，在旅館中流浪那些年，她沒辦法也沒體力再經歷一次，於是於一九九二年立遺囑，重點有二：一、用在我作品上，例如請高手譯，沒出版的出版，如關於林彪一篇英文的，雖然早已明日黃花（《小團圓》小說要銷毀）。二、給你們買點東西做紀念。

她知道宋CP的身體比她糟，也不在意錢，為何要將著作與遺產託付？主要是宋的兒女皆賢良，英文也好，她極為喜歡這對兒女，尤其是宋以朗她從小看到大，認為他聰明又多才多藝，應是可靠的人。她雖說《小團圓》要銷毀，小宋卻有另外的想法，讓此書出版。《小團圓》、《易經》、《少帥》、〈愛憎表〉陸續出土，我們才知道她一輩子幾無停筆，最在意的就是為自己與家族立傳，寫了三次皆不順利，一直到一九九三年還在病中完成最後一次圖文自傳《對照記》，其實是〈愛憎表〉的濃縮版，因原文只寫到二十一歲，故二十一歲前較詳細，之後較簡略，她交往過的男子，結過婚的胡蘭成、賴雅均不在列。就是家族與自己的圖文集，裡面都是珍貴的照片。

其實，這時她一直在生病，自從發現房子有蟲，不想搬家，從一九九一病到一九九四，一九九四她給夏的信上說精神不濟，做點事歇半天，一年多來接連感冒臥病，光出去看牙齒就兩年多，看完醫生又病倒，情況「迄今都還在緊急狀況中」，可見真的很不好。這是她給夏的最後一封信。

一九九四年一月洛杉磯發生大地震，讓宋ＣＰ很擔心，去信問安，張到四月才回，說地震在郊區，她住的城區只有兩處房子破損，她住的房子有幾戶牆有裂縫，她的只有廚房燈罩掉下沒破，林式同住在不遠處，被震得拋擲，「我像一隻麻雀一樣在房間裡跳來跳去。」在黑暗中被撞傷，玻璃窗也破了。她說在地震前有預感，前一天忽然想到有種罐頭可以買來預防地震，又說在更早前的兩三個星期又有一次預感靈驗。

關於張的預感，她在認識宋ＣＰ後就有提及，她對會成的事有預感，也常提及心靈感應，一九七六年三月七日她寫著：

> 上次到圖書館去，早上沒開門，在門外等著，見門口種的熱帶蘭花有個紅白紫黃四色花苞，疑心是假花，輕輕的摸很涼，也像蠟製，但是摸出植物纖維的絲縷。當天就收到Mae的蘭花照片，葉子一樣，真是telepathy（心靈感應）。

心靈感應是同時性，這是提前性，那就是預知。

一九九四年香港面臨九七大限，不知在什麼情況下，張誤以為宋家要移民新加坡，於是去信說她也想搬去新加坡，對那裡一直有好感，因為有法治精神，只怕熱帶蟲更多，希望能住新房子，這次的蟲蟲之患，擴充到螞蟻、跳蚤、蟑螂，信有螞蟻就不敢拿，草藥紙袋有小蟑螂也丟了，這些蟲蟲引發她的皮膚病，希望能找到好醫生：宋看了立即回信，說他們已七老八十，病體支離，沒有心力移民：張解釋她之所以想到移民是因九七之後，好醫生也會走，擔心他們的病況，香港也許沒變化，但那是做給台灣看，「九六年攻台也許不僅是恫嚇」，她叮嚀這些一定要顧慮，必須做抉擇。

看來是張替他們想，希望一起搬到新加坡。張的母親也曾居住新加坡，如果他們真的一起去，是否能過得更好？

一九九四年張得中國時報文學成就獎，她的皮膚病似乎更嚴重，已經擴及眼睛，「皮膚科醫生叫我去看眼耳鼻喉科，但還是要傾全力自救」，怎麼傾全力自救？一天照十三小時日光燈，一九九五年七月二十五日，她的最後一封長信把她的窘困寫得很清楚，說明一場不致命的皮膚病耗絕她的體力：

> 我上次信上說一天需要照射十三小時，其實是足足二十三小時，因為至多半小時就要停下來擦掉眼睛裡鑽進的蟲子，擦不掉要在水龍頭下沖洗，臉上藥沖掉了要重敷。有一天沒做完全套工作就睡著了，醒來一隻眼睛紅腫得幾乎睜不開。沖洗掉裡面的東西就逐漸

消腫。又一天去取信，背回郵袋過重，肩上磨破了一點皮，就像鯊魚見血似地飛越蔓延過來，團團圍住，一個多月不收口。一天天眼看著長出新肉來又蛀洞流血。本來隔幾天就剪髮，頭髮稍長就日光燈照不進去。怕短頭髮碴子落到創口內，問醫生也叫不要剪。頭髮長了更成了窠巢，直下鼻、額，一個毛孔裡一個膿包，外加長條血痕。照射了才好些。當然烤乾皮膚只有更壞，不過是救急。這醫生「諱疾」，只替我治曬傷，怪我曬多了。正如侵入耳內就叫我看耳科，幸而耳朵裡還沒灌膿，但是以後源源不絕侵入，耳科也沒辦法。

這到底是什麼病啊，日光燈是紫外線燈，一天照二十三小時，皮膚只有更糟，吃睡都成問題，營養也嚴重不足。醫生說那不是蟲，是膚屑，可它會叮人，直插眼內造成一片刺痛，眼睛輕性流血已一年多。她認為醫生診斷有問題，換了一個醫生，感覺好一些。這樣的折騰讓她元氣大傷，常透不過氣來，人也直不起，佝僂著走路。

情況如此糟，她還是淡定地描述自己的狀況，懷疑自己是不是遺傳姑姑的退化症，腰板不直，因此她做體操硬扳過來，「像學芭蕾舞一樣扶著欄杆『學步』容易」，在這時還時時想著鄺，原本要搬家，根本沒力氣搬，寫完這封信，過一個多月，九月八日被發現於洛杉磯租住公寓內自然死亡。遺囑說明（一）盡速火化；（二）骨灰撒於空曠原野；（三）遺物「留給」宋淇、鄺文美夫婦處理。九月十九日遺體在洛杉磯惠澤爾市玫瑰岡墓園火化。九月三十日，七十六歲冥誕，骨灰由林式同、張錯、高張信生及高全之、張紹遷、許媛翔等人攜帶出海，撒於太平洋。

延伸閱讀：
一、周芬伶《孔雀藍調》。
二、〈張愛玲文學年表〉（附錄）。

作業：
一、試寫作家小傳。
二、試製作文學家年表。

第十三課

張愛玲的劇本創作

一、《一曲難忘》分析

除了正規喜劇，張也寫了一些自傳性濃厚的電影劇本，可說是兩路並進，很顯然這些並不只是為「稻粱謀」，延續《多少恨》的自我抒發，《小兒女》寫後母與繼女情結就頗有自我色彩；另有《一曲難忘》寫歌女南子的苦戀，裡面多有離散描寫，且以香港戰爭為背景，是她少見有「時代紀念碑」式的作品。顯見她也藉電影這媒體表現一個創作者的天職。張愛玲藉著《浮生六記》「昔一粥而聚，今一粥而散」的線路，寫亂世中的愛情如萍聚無因。為了重建「畫舫風光」，特別插入拍攝男女主角在河上釣魚結識，最後在郵輪重逢，改成為「昔一舟而聚，今一舟重聚」的浪漫故事。全劇分為三十三場，裡面有幾場描寫香港圍城之戰，作者加入自己真實的經驗，顯得更真實，更能點出亂離的心境，如第十三場：

（鏡頭移上，停在日曆上，赫然是一九四一年十二月八日，遠遠傳來沉重的爆炸聲數響）（南聽炮聲但並不關心）（南正披上絨線衫拿起皮包與信，將出，隔空呼妹）

二妹：（銀幕外）姐姐，姐姐……

（南入弟妹室，二妹臥病，另有幾張空床，被窩尚未疊）

二妹：姐姐，那是什麼聲音？

南：大概是飛機演習。

（其他弟妹們背著書包蜂擁入）

弟妹們：（七嘴八舌）打仗了！今天不上課，日本打香港，學校關門了！

（南怔住了）（割出）

以上描寫香港戰爭開打的那一天，接著第十四場描寫眾人搶購黑市米，第十五場南家遭強盜搶去財物，十六場描寫街道上貼著日文公告，地下橫屍未收，日軍在街道上捆鐵絲網前站崗，並搜查行人。這四場簡明扼要地點染戰爭的氣氛。這裡表達作者自身的亂離，也寫出中國人的亂離，不管他們多麼西化，關注的還是中國人，寫活的也是中國人。

二、南北系列

宋淇與張愛玲雖都是喜劇好手，然手法還是有不同，宋在人物刻畫與場景道具著力較深，他塑造的南人與北人，各有缺點，卻能互補，在《南北和》中用緊臨的兩家西服店做對比，南人由粵劇明星劉恩甲飾演，北人由梁醒波飾演，南人講信用精打細算，北人講排場愛吹牛皮，電冰箱與吃西瓜的一連串衝突，凸顯兩人作風不同，也造成恩怨，有衝突的第一代移民由較漂亮或接近完美的第二代以愛情化解恩怨，這時洋娃娃又帶出微妙的情愫，聘禮單掀開衝突點，從此仇家變親家。劉恩甲那精括奸詐與梁醒波的膨風作派都是出色的丑角本色，而小生小旦的清麗更是亮點，宋賦予此劇好的題材與架構，張則在此基礎上開展海派精神。

《南北和》以室內場景為多，店鋪、客廳、咖啡廳、電影院……丁皓扮演的空中小姐李曼玲與張清文，帶出時髦的女性工作場域，飛機、航空站、洋娃娃、摩登的裝扮，與家居女白露明形成對比，雷震扮演的低調大亨，因坐飛機灑了空姐一杯咖啡，帶著洋娃娃上門致歉，讓我們以為他對李曼玲有意，沒想到他看上的是同住一層公寓的白露明，而空姐愛上的是仇家之子同為航空地勤人員的張清文，他們的戀情錯置而互躲迷藏，整體看來諧趣中帶著溫馨，家庭風味較濃。

以張愛玲為主的《南北一家親》與《南北喜相逢》，在同樣的架構與主角中變出不同花樣來，在前者丁皓的工作變成名廣播員，商業仇家變成飯店，她所使用的笑料則淡淡地、不著痕跡地出現在人物表現和整個生活敘事邏輯之中，微妙而細膩地展現出她對南北文化差異的切身性感受。例如，她在李曼玲到張清文家裡去見排斥「北方人」的公婆那場戲裡，張愛玲就語言的敏感度寫出南腔北調的趣味；北人李曼玲糾正南人張清文的發音，「日頭、石頭、舌頭」，在張清文的廣東口音中則成了「易頭、習頭、鞋頭」，令人莞爾。香港的身分，上海的意識，這些混雜的現實使得以張愛玲為代表的南來知識分子難以在當時獲得明確的國族和文化身分，也只有透過「通俗劇」置換其家國情懷。其中有幾項跟海派文人善用的元素，尤其是跟張式風格一脈相承，可以說明他們的現代情懷，其中也有深意：

1. 交通工具

無論在南北系列中或其他喜劇，出現現代化交通工具，除了摩登，恐怕還有離散的意味，早在四〇年代《太太萬歲》的作品中，張愛玲的劇作就以飛機為重要交通工具，家珍送丈夫搭飛機的場面，旅客與送行人在停機坪上揮手，這種外景在當時還是時髦吧！還有家珍的弟弟是個空軍，常飛來飛去，這裡說明上海人的移動是頻繁的；在南北系列中交通工具出現得更為頻繁，尤其是《南北喜相逢》，出現「海歸」，開頭就是郵輪的接客，造成的錯認，誤把賣花女認作歸國富家女，碼頭與遊輪是為上世紀「遊女」取得身體與移動自由，然又常被成為觀看的客體，因此它也容易造成角色與身分的誤差，或心理的游離；又如《六月新娘》前幾場戲發生在郵輪上，從日本到香港的準新娘，被菲律賓華僑樂手瘋狂追求，豪華郵輪上的舞聽、餐廳、甲板上的躺椅都是主要場景，這被認為有《傾城之戀》風味的作品，華洋並存，說明愛情的多重隔膜與矛盾。令我們想到《浮花浪蕊》中的洛貞，為客體或他者的離散書寫，有作者自書的況味。因此此劇更具有張愛玲風格。

2. 角色互換

在劇情中做角色互換以造成對比與諷刺效果，是作者最擅長的編劇手法，從《太太萬歲》中的正宮家珍與小三咪咪的對立，最後家珍選擇走出這對立，扭轉「善女」與「魔女」的二元對立；而在《情場如戰場》中擅長偽裝自己，透過各種扮演，換裝，以隱藏自己的真情，在這裡角色的互換成為主要的衝突與趣味來源：在《南北喜相逢》中，原名為《真假姑母》，這裡面的主要情節即由真與假的身分置換而成。電影的敘事依循好萊塢常用的俗套，利用「誤認」這個概念，錯位的就是丁皓的身分，一個是闊小姐，一個是賣花女，上演麻雀變鳳凰的故事。南來影人們大都寄託在女性角色身上，尤其是孤兒，因為南來影人多少有些孤兒心態，被他們大陸拋棄，來到了養父養母一般的香港，免不了有寄人籬下與受罪、誤會的情事，如同電影中的丁皓一般。

角色的互換，帶來的真假不分、身分的游離與焦慮，在戲謔中娓娓傳達嚴肅意義。

3. 倫理失序

在一個過渡時期，或者說亂世，最明顯的症狀是「倫理失序」，也就是父不父、子不子的訛亂關係。張的小說常探討家庭與倫理關係，尤其是倫理失序與變態，在早期作品中以《金鎖記》為代表；中晚期以《易經》、《小團圓》為代表。在電影劇本中如《小兒女》中探討後母與繼子繼女的關係；南北系列除了討論地域的衝突，也討論兩代之間的衝突，父親將子女當作生意競爭的籌碼，卻沒想到真愛戰勝一切。比較其小說與電影劇本，小說是沉重的悲劇；電影劇本是詼諧的大團圓結局。不管是悲劇或喜劇，焦點常在倫理議題的探討，小說著重母女關係，劇本則在父子、父女關係上打轉，尤其是南北系列，因有宋淇合作，父親的形象特別鮮明，如梁醒波、劉恩甲在表演上的特殊表現，可以說塑造了那時代的父親新形象，雖然是誇張與諧趣了，卻有助於鬆動傳統緊張的親子關係。

4. 亂世浮華

而到了張愛玲的《南北一家親》中，一九四五至一九五〇年代中期，超過一百萬的內地移民到了香港。而電懋公司一九五五年接管了「永華」片場後，彙集了當時文化界知名人士姚克、宋淇、張愛玲、孫晉三等，組成了劇本編審委員會，包括後期的秦羽，他們都是一群有著深厚中原文化心態的知識分子，無論是對個人還是群體，身分的確立是其存在的前提。對於長期生活在一個有著統一的國家意識形態和民族文化的雙層規範下的人群／個體來說，自我身分的認同是不言自明的事情。然而對於一群或者一個不斷處於跨地域生活的人們來說，身分的困惑也就隨之而至，自我身分的認同也就變得猶疑起來，因此作品較多討論「身分」的固著與錯置，而不斷地移動也是他們的特質，淪為小丑般可笑的處境也只能說是「面具」。

那些不斷移動看似光鮮的人物，內心總有著陰影，或不能被說出的祕密，作者都在文化、族群、貧富階級中著眼，顯見昔日在上海殖民地的多元混雜性，轉到同為殖民地香港更為深化與複雜，海上飄來的族群，對這群移民的賤斥感是深有體悟的。

延伸閱讀：
一、《太太萬歲》劇本與電影比較。
二、南北系列電影觀賞與討論。

作業：
一、劇本或電影小論文寫作。
二、劇本改編或寫作。
三、微電影拍攝。

張愛玲文學年表

周芬伶製

一九二〇	1歲※	九月三十日生於上海市麥根路（今泰興路）。原籍河北豐潤。本名張煐。父張志沂（廷重）、母黃素瓊（逸梵）。 上海證券交易所成立。新式蒸氣火車引入。直皖戰爭，二次護法，革命黨改組國民黨。
一九二一	2歲	十二月三十一日弟張子靜出生。 中國共產黨成立。俄策動蒙古獨立。
一九二二	3歲	自上海遷居天津英租界。父任職津浦鐵路英文祕書。陳炯明叛變，二次護法失敗。直奉戰爭。
一九二三	4歲	在母親督促下背誦唐詩，曾於張人駿面前背誦「商女不知亡國恨，隔江猶唱後庭花。」張因之流淚。張愛玲說：「我喜歡我四歲的時候懷疑一切的眼光。」 無線電台開播。曹錕賄選。

一九二四	5歲	開始私塾教育。母親與姑姑張茂淵赴歐遊學。非基督教運動（因新民族主義），從教會收回教育主權。聯俄容共。二次直奉，北京政變。
一九二五	6歲	五卅慘案。反帝國主義運動。孫文卒，國民黨三分。
一九二六	7歲	戲曲黃金時期——新舞台的揭幕。北伐始。
一九二七	8歲	嘗試寫第一篇小說卻沒有寫完。飛機線開闢（上海—南京）。國民政府定都南京。四一二政變，國民軍剿共。
一九二八	9歲	父去職。由天津搬回上海。母親與姑姑由英國返上海。讀《紅樓夢》、《西遊記》、《七俠五義》等書。學鋼琴、英文、繪畫。
一九二九	10歲	大上海建設計畫。引用美國教育制度。
一九三〇	11歲	入黃氏小學插班讀六年級。改名張愛玲。父母離婚。姑姑與母親搬出寶隆花園洋房，租住法租界。 中原大戰，奠定蔣統治根基。
一九三一	12歲	入讀上海聖瑪利亞女校，隨白俄老師習鋼琴。 九一八瀋陽事變日佔東北。中共在江西成立蘇維埃政府。

一九三二	13歲	在校發表短篇小說〈不幸的她〉。母親再度赴歐。一二八事變（第一次松滬戰爭）。偽滿州國成立（溥儀）。
一九三三	14歲	在聖瑪利亞年刊發表第一篇散文〈遲暮〉。與父親學寫舊詩。
一九三四	15歲	父再婚。娶孫寶琦之女孫用蕃。遷回麥根路別墅。新生活運動。國貨運動。中共亂竄。
一九三五	16歲	日策動華北事變，成立冀東防共自治政府（殷汝耕）。一二九反日運動。爵士樂流行。
一九三六	17歲	母偕美國男友返上海。在《鳳藻》發表散文〈秋雨〉。日策動內蒙古獨立。西安事變。世界和平大會。
一九三七	18歲	在校刊《國光》半月刊發表〈牛〉、〈霸王別姬〉及評張若謹小說。在《鳳藻》發表〈論卡通畫之前途〉。中學畢業。與後母口角被父責打並拘禁半年。八一三事件（第二次松滬戰爭）。七月七日盧溝橋事變，全面抗日。南京大屠殺。
一九三八	19歲	年初逃出麥根路的家。與母親住於開納路（今武定西路）開納公寓。向猶太裔老師補習數學。參加倫敦大學遠東區入學考試，得第一名。在英文《大美晚報》發表被禁及出逃經過。係首次以英文發表作品。二戰爆發。猶太人流亡來華。第四國際成立。

一九三九	20歲	與母親、姑姑遷居靜安寺路、赫德路口愛林登公寓（今常德公寓）五樓51室。持倫敦大學成績單入讀香港大學文科。認識炎櫻成為終身好友。〈天才夢〉參加《西風》雜誌三週年紀念徵文。歐戰爆發。
一九四〇	21歲	〈天才夢〉獲《西風》徵文第十三名（榮譽獎）。獲兩項獎學金，港大畢業可免費赴英讀牛津大學。
一九四一	22歲	港大停課。母親男友死於新加坡戰火。香港淪陷。年底，珍珠港事變。太平洋戰爭爆發。
一九四二	23歲	夏，與炎櫻乘船返上海。與姑姑遷居愛林登公寓六樓65室。秋，與炎櫻插班入聖約翰大學文科四年級就讀。十一月因寫作輟學。在英文《泰晤士報》寫影評與劇評。日軍據上海。
一九四三	24歲	一月，在英文《二十世紀》月刊發表〈中國人的生活和時裝〉、〈中國人的宗教〉、〈洋人看京戲及其它〉和五、六篇影評。四月，初識周瘦鵑。五月～六月，《紫羅蘭》月刊：小說〈沉香屑·第一爐香〉、〈沉香屑·第二爐香〉。七月，初識柯靈。《雜誌》月刊：小說〈茉莉香片〉。八月，《雜誌》月刊：散文〈到底是上海人〉；《萬象》月刊：小說〈心經〉（上）。九月，

		初識蘇青。《萬象》月刊：小說〈心經〉（下）；《雜誌》月刊：小說〈傾城之戀〉（下）。十一月，《古今》半月刊：散文〈洋人看京戲及其他〉；《雜誌》月刊：小說《金鎖記》（上）；《天地》月刊：小說〈封鎖〉；《萬象》月刊：小說〈琉璃瓦〉。十二月，《古今》半月刊：散文〈更衣記〉；《雜誌》月刊：小說〈金鎖記〉（下）；《天地》月刊：散文〈公寓生活記趣〉。 初識胡蘭成。胡擔任汪政府宣傳部政務次長。 七月三十日汪政府接收法租界。第三國際解散。
一九四四	25歲	一月，《萬象》月刊：長篇小說：《連環套》共登六期，七月自動腰斬。二月《天地》月刊：小說〈年輕的時候〉。三月，《雜誌》月刊：小說〈花凋〉；《天地》月刊：散文〈談女人〉。四月，《雜誌》月刊：散文〈論寫作〉、小品三則〈愛〉、〈有女同車〉、〈走！走到樓上去！〉。五月，《天地》月刊：散文〈童言無忌〉、〈造人〉；《雜誌》月刊：小說〈紅玫瑰與白玫瑰〉（上）；《萬象》月刊：迅雨（傅雷）〈論張愛玲的小說〉；《雜誌》月刊：胡蘭成〈評張愛玲〉（上）。六月，《雜誌》月刊：〈紅玫瑰與白玫瑰〉（中）；《天地》月刊：散文〈打人〉；《雜誌》月刊：胡蘭成〈評張愛玲〉（下）。七月，《雜誌》月刊：〈紅玫瑰與白玫瑰〉（下）、散文〈說胡蘿蔔〉；《新東方》月刊：散文〈自己的文章〉；《天地》月刊：散文〈私語〉。八月，《雜誌》月刊：散文〈詩與胡說〉、〈寫什麼〉；《天地》月刊：散文〈中國人的宗教〉（上）；與胡蘭成結婚，炎櫻媒證。九月，《天地》月刊：散文〈中

		國人的宗教〉（中）；《雜誌》月刊：散文〈忘不了的畫〉；《小天地》月刊第一期：散文〈散戲〉、〈炎櫻語錄〉；小說集《傳奇》由《雜誌》社出版。四天即再版。十月，《天地》月刊：散文〈中國人的宗教〉（下）。十一月，《雜誌》月刊：小說〈殷寶灩送花樓會——列女傳之一〉；《天地》月刊：散文〈談跳舞〉；《苦竹》月刊（胡蘭成創辦）第一期：散文〈談音樂〉、炎櫻散文〈死歌〉；《風雨談》月刊：譚正璧〈蘇青與張愛玲〉。十二月，《雜誌》月刊：小說〈等〉；《苦竹》月刊：小說〈桂花蒸 阿小悲秋〉、散文〈自己的文章〉（重刊）；胡蘭成赴湖北辦《大楚報》。大中劇團在卡爾登戲院（長江戲院）上演舞台劇《傾城之戀》。
一九四五	26歲	一月，《傾城之戀》繼續上演；散文集《流言》由中國科學公司出版。二月，《雜誌》月刊：小說〈留情〉；《天地》月刊：散文〈卷首玉照及其它〉。三月，《雜誌》月刊：小說〈創世紀〉（上）；《天地》月刊：散文〈雙聲〉。四月，《雜誌》月刊：小說〈創世紀〉（中）、散文〈吉利〉；《天地》月刊：散文〈我看蘇青〉。五月，《雜誌》月刊：小說〈創世紀〉（下）、散文〈姑姑語錄〉；《天地》月刊：胡覽乘（胡蘭成筆名）〈張愛玲與左派〉。八月，胡蘭成匿名逃亡。一九四五年十二月至一九四六年一月間，張赴溫州探胡，望胡作選擇未果，三月九日左右返回，在雨中「佇立涕泣久之」。 八月，抗戰勝利。日降。二戰結束。冷戰始。

一九四六	27歲	被上海小報攻訐為「文化漢奸」。應桑弧之邀編寫電影劇本《不了情》、《太太萬歲》。母再度返回上海。國共內戰爆發。
一九四七	28歲	四月《大家》月刊創刊號：小說〈華麗緣〉。五月～六月，《大家》月刊：小說〈多少恨〉（以《不了情》劇本改寫）。六月，與胡蘭成離婚，與姑姑遷居梅龍鎮內重華新村二樓十一號。十一月《傳奇》增訂本由山河圖書公司出版。十二月十四日《太太萬歲》在上海皇后、金城、金都、國際四大電影院同時獻映，連續兩週爆滿。上海評論界圍繞《太太萬歲》爆發一場論爭。文華影片公司籌拍《金鎖記》，後來流產。
		馬歇爾計畫。
一九四八	29歲	母再赴歐。遷出愛林登公寓，先後在華懋公寓和重華新村短住。世界衛生組織成立。柏林危機。南北韓分裂。
一九四九	30歲	四月二十五日中國解放軍布告「解放」。解放軍向蘇州河以南的市區行進，由於全市秩序迅速回復，有些市民讀報方知上海解放。七月六日上海舉行七七慶祝解放，市民聯合大遊行。大設電影院。國民政府播遷來台。十月一日中共建國。世界人權宣言。

一九五〇	31歲	一月，以筆名梁京在《亦報》連載長篇小說《十八春》。七月，參加中共舉辦首屆「上海文藝工作者代表大會」，夏衍為總主席，梅蘭芳、馮雪峰為副主席，周信芳（麒麟童）為執行副主席，陳白塵為祕書長。會期七月二十四～二十九日，五百餘人與會。十一月，《十八春》由亦報社出版；搬入卡爾登公寓。 韓戰爆發。
一九五一	32歲	五月仍以筆名梁京在《亦報》連載中篇小說〈小艾〉。西藏歸中國。
一九五二	33歲	向香港大學申請復學獲准。七月，持港大證明出國，經廣州抵香港。住於女青年會，讀港大不到一學期，到日本找炎櫻想找機會到美國，辭掉獎學金休學。為香港「美國新聞處」翻譯《老人與海》、《愛默森選集》、《美國現代七大小說家》等書。
一九五三	34歲	結識宋淇（林以亮）夫婦。用英文撰寫長篇小說《秧歌》、《赤地之戀》。父在上海病逝。 韓戰結束。
一九五四	35歲	《秧歌》、《赤地之戀》英文版出版。《秧歌》、《赤地之戀》中文版在香港美國新聞處出版的《今日世界》連載並出版。《張愛玲短篇小說集》由香港天風出版社出版。寄《秧歌》中文版給胡適並開始通信。 台海危機。東南亞國協成立。

一九五五	36歲	十月，搭「克利夫蘭總統號」遊輪赴美。租住在紐約救世軍辦的女子宿舍。與炎櫻重逢並同去拜訪胡適。黑人民權運動。
一九五六	37歲	二月，獲新罕布夏州愛德華．麥克道威爾基金會資助，在基金會莊園專事寫作。三月，結識劇作家賴雅。八月十四日與賴雅結婚，馬莉．勒德爾與炎櫻出席婚禮。用英文寫長篇小說《粉淚》（*Pink Tears*）與自傳小說《易經》。大鳴大放。
一九五七	38歲	三月，老毛病發作，四月，與賴雅租住彼得堡松樹街二十五號。五月，《粉淚》被司克利卜納（Scribner）拒絕出版，因為沮喪而病倒。《秧歌》劇本在哥倫比亞廣播公司播出。開始寫《上海游閒人》（*The Shang-hai Loafer*）。母在英國病逝，留下一些骨董給女兒。蘇聯發射人造衛星。
一九五八	39歲	十一月十三日，遷至加州杭廷頓哈特福基金會，駐營半年，賣掉賴雅幾千本藏書作旅費。小說〈五四遺事〉發表於台北《文學雜誌》，為香港電懋電影公司編《情場如戰場》、《桃花運》、《人財兩得》等劇本。將陳紀瀅《荻村傳》改寫並譯成英文《荻中笨伯》（*Fool in the Roods*），可惜一直找不到出版商出版。三面紅旗。台海八二三砲戰。二次柏林危機。

一九五九	40歲	五月十三日移居舊金山租住不什（Bush）街645號。結識美國女友愛麗斯・琵瑟爾（Alice Bissell）。《易經》完成近半，為趕稿，暫停電影劇本。寫《荻中笨伯》中英文劇本。十一月收到入籍通知。南極條約簽訂。
一九六〇	41歲	趕寫自傳小說，積欠電影劇本，因先預支好幾部稿費，內心感到不安。七月，取得美國公民資格。
一九六一	42歲	二月，自傳小說改名為《易經》（*The Book of Change*）。三月下旬，炎櫻來訪。秋天，初訪台灣，為小說《少帥》（*Young Marshal*）蒐集寫作材料，要求訪問張學良被拒。結識台灣小說家白先勇、王文興、陳若曦、王禎和，並與王禎和赴東部旅遊。途中獲悉賴雅再度中風。冬天，在港為電懋公司編寫《紅樓夢》、《南北一家親》劇本，續寫《易經》，初稿完成。
		修建柏林圍牆（三次柏林危機）。
一九六二	43歲	三月返美，與賴雅租住華盛頓第六街105號皇家院（Regal Court）。在英文《記者》雜誌發表訪台記事〈重訪邊城〉。古巴危機。

一九六三	44歲	六月，決定將《易經》譯為中文，四處投稿，皆無結果。完成《魂歸離恨天》劇本完成卻未拍成電影。七月，賴雅散步跌了一跤，之後連續幾次中風，終至癱瘓不起。
一九六四	45歲	電懋電影公司老闆陸運濤空難死亡，公司面臨關閉，宋淇決定另謀出路。遷至黑人區肯德基院（Kentuky Court），打算譯《雷峰塔》，但《易經》一直賣不掉，讓她很灰心。並為美國之音的廣播劇譯寫劇本，包括莫泊桑、亨利．詹姆斯、索忍尼辛等小說。
一九六五	46歲	仍為「美國之音」撰寫劇本，並為美國新聞處作翻譯。越戰爆發。
一九六六	47歲	九月赴俄亥俄州牛津，擔任邁阿密大學駐校作家。長篇小說《怨女》中文版，在香港《星島日報》連載。改寫小說《十八春》為《半生緣》。參加印第安那大學中西文學關係研討會，結識莊信正，兩人開始長達三十年的友誼。文革始。
一九六七	48歲	擔任麻州康橋賴德克利夫大學朋丁學院成員，常需到校陪女太太吃飯。開始英譯《海上花列傳》。《半生緣》在香港《星島日報》、台北《皇冠》雜誌連載。十月八日賴雅去世，享年七十六歲。

一九六八	49歲	台北皇冠出版社出版《半生緣》、《流言》、《秧歌》、《張愛玲短篇小說集》。在《皇冠》雜誌發表〈紅樓夢未完〉。接受殷允芃採訪。
一九六九	50歲	加州柏克萊大學中國研究中心主持人陳世驤邀請為高級研究員，搜集研究中共宣傳語彙。繼續《紅樓夢》研究。
一九七一	52歲	接受水晶專訪。陳世驤去世。自「中國研究中心」離職。
一九七二	53歲	移居洛杉磯，開始幽居生活。經常感冒。
一九七三	54歲	徐誠斌主教過世，宋家十分哀痛，張也感到震動，因避採訪，不接電話，只打出去。在《皇冠》發表〈初詳紅樓夢〉；《幼獅文藝》月刊重刊〈連環套〉、〈卷首玉照及其他〉；《文季》季刊重刊〈創世紀〉。水晶《張愛玲的小說藝術》由台北大地出版社出版。
		石油危機。
一九七四	55歲	在《中國時報》「人間副刊」發表〈談看書〉與〈談看書後記〉。因宋淇提起《紅樓》，暫停自傳小說，重新翻讀〈紅樓噩夢〉，胡蘭成自日赴台講學。
一九七五	56歲	在《易經》基礎上寫成《小團圓》，為宋淇夫婦勸阻，沒有發表。在《皇冠》發表〈二詳紅樓夢〉。完成英譯《海上花列傳》（未出版）。 越戰結束。

一九七六	57歲	三月，某天在門口看到熱帶蘭花，疑是假花便摸了一下，當天收到鄺文美寄的蘭花照片，葉子完全一樣，覺得這是心電感應。台北皇冠出版社出版《張看》。發表〈三詳紅樓夢〉。胡蘭成離台返日；《今生今世》由台灣遠行出版社出版。 文革結束。
一九七七	58歲	《紅樓夢魘》由皇冠出版社出版。
一九七八	59歲	《赤地之戀》（刪節本）由台灣慧龍出版社出版。 北京之春運動。
一九七九	60歲	在《中國時報》「人間副刊」發表小說〈色，戒〉。 中華台北定名。
一九八〇	61歲	年初指關節破皮，好幾個月不能碰水，也不能洗頭洗澡，怕有蝨子。手剛好，肩膀扭筋。
一九八一	62歲	《國語本海上花》由皇冠出版社出版。胡蘭成七月二十五日逝世於日本東京（享年七十五歲）。
		中國經濟改革開放。
一九八三	64歲	唐文標編《張愛玲卷》由遠景出版公司出版；《惘然記》由皇冠出版社出版。

一九八四	65歲	拎著行李流浪於汽車旅館之間，文件遺失，在台階上摔跤。上海《收穫》雜誌重刊〈金鎖記〉。唐文標編《張愛玲資料大全集》由台北時報出版公司出版（因著作權問題未能上市發行）。
一九八五	66歲	與林式同初次見面。因躲蟲患不斷搬家。一日夜間疾走幾條街、心口有點疼，開新戶頭，將受益人填宋氏夫婦。水晶在報上發表〈張愛玲病了〉，宋淇十分自責，寫信致歉。張回宋鄺是世上獨一無二的，而宋是奇人兼完人與多方
		面的 Renaissance（文藝復興時代的博雅之士），沒有指責，只有稱讚。
一九八六	67歲	後母在上海病逝。
一九八七	68歲	《餘韻》由皇冠出版社出版。
一九八八	69歲	《續集》由皇冠出版社出版。鄭樹森編《張愛玲的世界》由允晨文化公司出版。搬至林式同建造的 Lake St. 公寓。
一九八九	70歲	坐公車時摔了一跤，右肩骨受傷。六四天安門事件。亞太經合會成立。
一九九〇	71歲	台灣三月學運。蘇聯解體。
一九九一	72歲	搬至林式同介紹的 Rochester Ave 公寓。姑姑在上海病逝。皇冠出版社出版「張

		愛玲全集」十四冊：《秧歌》、《赤地之戀》、《流言》、《怨女》、《傾城之戀》、《第一爐香》、《半生緣》、《張看》、《紅樓夢魘》、《海上花開》、《海上花落》、《惘然記》、《續集》、《餘韻》。 冷戰結束。
一九九二	73歲	《愛默森選集》由皇冠出版社出版。 預立遺囑，指定林式同為遺囑執行人。 北美自由貿易協定成立。
一九九三	74歲	完成《對照記》。大陸作家于青《張愛玲傳》、胡辛《最後的貴族張愛玲》出版。 上海大拆屋。
一九九四	75歲	獲中國時報文學成就獎。《對照記》由皇冠出版社出版。
一九九五	76歲	九月八日被發現於洛杉磯租住公寓內自然死亡。遺囑說明（一）盡速火化；（二）骨灰灑於空曠原野；（三）遺物「留給」宋淇、鄺文美夫婦處理。九月十九日遺體在洛杉磯惠澤爾市玫瑰岡墓園火化。九月三十日，七十六歲冥誕，骨灰由林式同、張錯、高張信生及高全之、張紹遷、許媛翔等人攜帶出海，灑於太平洋。 世貿成立。

參考書目：

1. 薛理勇，錢宗灝《上海滄桑一百年》，海峰出版社，一九九三年。
2. 唐振常《近代上海繁華錄》，台灣商務印書館，一九九三年。
3. 周芬伶《孔雀藍調——張愛玲評傳》，麥田出版社，二〇〇五年。

※本年表所列張愛玲年紀以虛歲算。內文記述為求時間精確，以實歲計。為避免混淆，特此說明。

文學叢書 653

張愛玲課

作者	周芬伶
總編輯	初安民
責任編輯	陳健瑜
美術編輯	陳淑美
校對	呂佳真　陳健瑜　周芬伶
發行人	張書銘
出版	INK 印刻文學生活雜誌出版股份有限公司 新北市中和區建一路249號8樓 電話：02-22281626 傳真：02-22281598 e-mail:ink.book@msa.hinet.net
網址	舒讀網 http://www.inksudu.com.tw
法律顧問	巨鼎博達法律事務所 施竣中律師
總代理	成陽出版股份有限公司 電話：03-3589000（代表號） 傳真：03-3556521
郵政劃撥	19785090 印刻文學生活雜誌出版股份有限公司
印刷	海王印刷事業股份有限公司
港澳總經銷	泛華發行代理有限公司
地址	香港新界將軍澳工業邨駿昌街7號2樓
電話	852-2798-2220
傳真	852-2796-5471
網址	www.gccd.com.hk
出版日期	2021年 4 月 初版
ISBN	978-986-387-393-8
定價	350元

國家圖書館出版品預行編目(CIP)資料

張愛玲課／周芬伶著.
--初版. --新北市中和區：INK印刻文學，2021. 04
面； 14.8 × 21公分. --（文學叢書；653）
ISBN 978-986-387-393-8 (平裝)

848.6　　110002776

舒讀網